I0621526

Ράνια Ράπτη

ΑΘΗΝΑ 2018

ISBN: 978-6180003741

ΣΚΕΨΕΙΣ ΑΝΥΠΟΣΤΑΤΩΝ

ΗΡΩΩΝ

ΠΕΡΙΕΧΟΜΕΝΑ

Αντί προλόγου

(The Killers: This river is wild)

Το βιβλίο αυτό αποτελεί μια σειρά μικρών διηγημάτων που παρουσιάζουν τις σκέψεις και τα συναισθήματα ηρώων, οι οποίοι θα προσπαθήσουν να επικοινωνήσουν μαζί σας, χωρίς όμως να αποκαλύψουν την ταυτότητα τους. Η απουσία λεπτομερειών για την εμφάνισή τους, το περιβάλλον που ζουν ή μεγάλωσαν, ή ακόμα και για περαιτέρω γεγονότα της ζωής τους, τους κάνει πρακτικά «απόντες» από τις ίδιες τους τις ιστορίες, δικαιολογώντας έτσι και την επιλογή του τίτλου του βιβλίου αυτού. Ωστόσο, οι ήρωές μας παραμένουν πάντοτε «πνευματικά παρόντες», ώστε να μπορέσουν να μας διηγηθούν τους βαθύτερους και πιο κρυφούς τους πόθους.

Η αγάπη μου για τη λογοτεχνία χρονολογείται πολύ αργότερα από τον εθισμό μου στη μουσική και στο μυαλό μου πλέον οι δύο μορφές τέχνης είναι άρρηκτα συνδεδεμένες. Έτσι κάθε διήγημά μου σχετίζεται με ένα τραγούδι (ο τίτλος του οποίου ανευρίσκεται κάτω από τον τίτλο κάθε διηγήματος), που άκουγα όσο τα έγραφα. Στην προσπάθειά μου λοιπόν, να σας προσφέρω μία πιο ολοκληρωμένη εμπειρία και να προσπαθήσω να αποτυπώσω όσο καλύτερα γίνεται τον ψυχισμό των "απουσιαζόντων ηρώων", σας προτρέπω να διαβάσετε το βιβλίο ακούγοντας τα ίδια τραγούδια ανά ιστορία. Σε περίπτωση που επιθυμείτε να εκπληρώσετε αυτή τη μικρή μου επιθυμία, μπορείτε να βρείτε με τη σειρά τα τραγούδια στο YouTube σε λίστα αναπαραγωγής με το όνομα του βιβλίου.

Σε κάθε περίπτωση, εύχομαι να βρεθεί για εσάς μια ιστορία που θα σας βάλει σε σκέψεις, θα σας κάνει να ταυτιστείτε, να θυμώσετε, να νοσταλγήσετε δικές σας αναμνήσεις, να αναρωτηθείτε, να συζητήσετε. Γιατί τουλάχιστον έτσι θα ξέρω ότι μπορέσαμε να επικοινωνήσουμε, έστω και για λίγο.

Για όλους εκείνους
που αναζητούν
το νόημα της ύπαρξης...

"Οι λέξεις που δεν έχω"

(Koop: Island Blues)

Φαντάζομαι πως η επιτυχία μιας αφήγησης, ώστε να συγκινήσει το κοινό, δεν βασίζεται εξ ολοκλήρου στην ιστορία της αυτή καθεαυτή, αλλά στην ικανότητα του συγγραφέα να εκφράσει τα συναισθήματα και τις σκέψεις του, μέσα από αυτές των ηρώων του. Αυτή η ιδέα βρέθηκε στο επίκεντρο της σκέψης μου όταν πήγα για πρώτη φορά να μοιραστώ την αγαπημένη μου ιστορία. Μια ιστορία που εμπεριέχει τον πιο βαθύ και κρυφό μου πόθο. Πώς ήταν δυνατόν να αποτυπώσω με λέξεις όλα αυτά τα συναισθήματα που κατακλύζουν την ψυχή μου τόσα χρόνια; Και αυτός ο φόβος να ξεφυτρώνει κάθε λίγο και λιγάκι σαν ανεπιθύμητο ζιζάνιο και να με παραλύει ολοσχερώς. Κι αν δεν έχω μάθει ακόμα τις κατάλληλες λέξεις για να αποδώσω ένα νόημα τόσο έντονο για μένα; Γιατί ο άνθρωπος να είναι κατασκευασμένος να σκέφτεται και να εκφράζεται με λέξεις και όχι με άμορφες, άυλες ιδέες που θα αντικατοπτρίζουν τα συναισθήματα του;

Για να προσπαθήσω να ξεκαθαρίσω αυτά τα ερωτήματα, ξεκινάω προσπαθώντας να αφηγηθώ μια απλή εκδοχή της ιστορίας μου βασιζόμενη μόνο στη λογική. Τη λογική που έμαθα από κείνον. Θα έλεγε κανείς πως είναι σχεδόν σαν να παρουσιάζω μια επιστημονική ανακάλυψη, περιμένοντας το πλήθος να ενθουσιαστεί με την νέα, ξεχωριστή ιδέα και να ξεσπάσει σύσσωμο σε χειροκρότημα.

Είναι άνοιξη λοιπόν, αγαπητό μου ακροατήριο. Βρίσκομαι στο σπίτι ενός κοντινού μου φίλου όπου και ξεκινάει η ανακάλυψή μας, καθώς γνωρίζω το αντικείμενο της μελέτης που θα σας παρουσιάσω σήμερα. Το άστρο του με μαγνήτισε από την πρώτη στιγμή που κοίταξα τα μάτια του, κάνοντάς με να αναρωτηθώ πώς είναι δυνατόν να σε συνεπάρει τόσο εύκολα μια απλή γνωριμία. Η παρατήρησή μου ως προς το αντικείμενο συνέχισε για ώρες εκείνο το πρώτο κομβικό βράδυ της συνάντησής μας, ακούγοντάς τον αποσβολωμένη να μιλάει σε μένα, μία εντελώς ξένη, για την ύπαρξη του ανθρώπου και τη δημιουργία του σύμπαντος, χωρίς να ενδιαφερθεί στιγμή για πιο «πεζά» ζητήματα. Η αίσθηση ότι θα με γνώριζε καλύτερα κατανοώντας τα πιστεύω μου για τον κόσμο, τον έκανε τέλειο δείγμα για το πείραμά μας. Εκείνη τη στιγμή οι λέξεις είχαν σημασία.

Μετά από μικρό χρονικό διάστημα γνωριμίας, εμπλέκομαι σε ερωτική σχέση μαζί του, κάτι που τότε πίστευα ότι θα αποτελούσε μοναδικό και αυτοτελές εύρημα στην παρούσα έρευνα. Προς έκπληξή μου όμως, υπήρξαν και μετέπειτα συναντήσεις παρόλη την απόσταση που μας χώριζε, καθώς υπήρχε διαρκής επικοινωνία μεταξύ εμού και του αντικειμένου παρατήρησης, που υποκινούνταν από αμοιβαία συμπάθεια. Τα ευρήματά μου, κυρίες και κύριοι, ήταν ολοένα και πιο αποκαλυπτικά καθώς το αντικείμενό μας ξεδίπλωνε τη διάνοιά του μπροστά στα μάτια μου, προσπαθώντας να φτιάξει δεσμούς με εμένα, στηριζόμενος σε έννοιες και σκέψεις που κάποιοι κυνικοί ίσως θα χαρακτήριζαν εξουθενωτικές για μία τόσο -θα μου επιτρέψετε το χαρακτηρισμό- απλή σχέση. Η σχέση αυτή λοιπόν, είχε να κάνει τα πάντα, αλλά συγχρόνως και τίποτα με την ευφυΐα μας. Οι συνομιλίες μας πλήθαιναν και οι ολιγοήμερες συναντήσεις μας έφτασαν τις έξι στον αριθμό μέσα σε διάστημα πέντε μηνών μέχρι το αντικείμενο παρατήρησής μας να εγκαταλείψει το πείραμα λόγω αυξημένης κόπωσης από τη διαδικασία. Τώρα πλέον οι λέξεις παύουν να έχουν σημασία.

Τα αποτελέσματα μας δείχνουν ότι αν και μικρό, το διάστημα παρατήρησης, ήταν παραπάνω από αρκετό για να μοιραστούμε εμπειρίες και να γίνουν αποκαλύψεις που αρμόζουν σε σχέσεις άλλων χρονικών πλαισίων. Το πείραμα αυτό κρίθηκε κομβικό για την απόδειξη της πραγματικής ουσίας της επικοινωνίας και το ταλέντο του ανθρώπινου νου να τη διεκπεραιώσει, όχι μόνο με λέξεις. Συνεπώς αγαπητοί μου, η εμπειρία του παραπάνω πειράματος δεν μπορεί να καλυφθεί πλήρως από λέξεις και έννοιες που έχουμε δημιουργήσει για την εύρυθμη επικοινωνία μας, καθώς ήταν μοναδική και τα συναισθήματα που την ακολουθούσαν αποπνικτικά. Σας ευχαριστώ για την προσοχή σας. Παύση. Κανένα χειροκρότημα. Καμία αντίδραση από το κοινό.

Αυτό που λείπει από την παραπάνω αφήγηση δεν είναι ούτε το νόημα, ούτε η λογική συνέχεια, ούτε οι εκλεπτυσμένες λέξεις. Είναι οι λεπτομέρειες για τα συναισθήματα που θα έκαναν την παραπάνω κακοειπωμένη ιστορία ενδιαφέρουσα και σημαντική.

Ξαναρχίζω το γράψιμο. Πιο πολλά επίθετα και εικόνες που σε ταξιδεύουν σχεδόν σε έναν άλλο κόσμο. Εκεί που μπορεί κανείς να ζωγραφίσει στο μυαλό του τις εικόνες που είδα στις ατελείωτες βόλτες μας στην παραλία, όταν μιλούσαμε για τη ζωή και το νόημά της. Παρομοιώσεις και μεταφορές που σχεδόν σε αναγκάζουν, να μυρίσεις τον καπνό που υπήρχε γύρω μας και να γευτείς τα φιλιά που μοιραστήκαμε σε εκείνη την ταράτσα, όπου αποφάσισε να μοιραστεί τα πιο κρυφά μυστικά του με έναν άνθρωπο που είχε δει ελάχιστες φορές στη ζωή του, αλλά σήμαινε τόσα πολλά για αυτόν.

Ακόμα ωστόσο δεν είναι αρκετό. Ξεφυλλίζω βιβλία με τις καλύτερες ιστορίες, ξεσηκώνω εκφράσεις και εικόνες, βλέπω ταινίες, ακούω κομμάτια που αφιερώθηκαν στον έρωτα, διαβάζω ποίηση, κατακλύζω το μυαλό μου με νέες ιδέες για να περιγράψω κάτι πιθανώς το απερίγραπτο. Κι αν ακόμα δεν έχει βρεθεί η λέξη που να προσδιορίζει τη δική μας ιστορία; Κι αν πρέπει εγώ να δημιουργήσω μία έννοια που θα περιγράφει όλα αυτά που βίωσα; Δεν έχω ακόμα αυτή την ικανότητα στα χέρια μου. Γιατί να χρειαζόμαστε τις λέξεις; Γιατί να μην μπορώ να εξωτερικεύσω όλο αυτό μου νιώθω με κάποιον άλλον τρόπο; Ίσως, αν ήταν ακόμα εδώ να το έκανα μέσα από εκείνον. Ίσως πάλι, μια μέρα οι λέξεις να μην έχουν ιδιαίτερη ουσία.

"Μονόλογος"

(City of the sun: Perfect instance)

Συνέχισα να μαλώνω μαζί της για αρκετή ώρα, όπως άλλωστε γίνεται και κάθε φορά που μιλάω μαζί της, ως που δεν άντεξα άλλο και έφυγα αμίλητη από το δωμάτιο, χτυπώντας την πόρτα πίσω μου, για να της δείξω ακόμα περισσότερο τον εκνευρισμό μου. Δεν κατάλαβα ότι αυτό θα την πλήγωνε. Ίσως, γιατί δεν με ένοιαζε αν θα την πονέσει τόσο. «Κι εκείνη όμως, μικρή μου, άκουγε για να απαντήσει, όχι για να σε καταλάβει. Ήταν οργισμένη εκείνη τη στιγμή, οπότε είναι λογικό να αντιδράσεις έτσι απέναντί της.» Ναι, αλλά είναι κομμάτι μου.

Έτρεξα στο δωμάτιό μου και έπεσα απογοητευμένη στο κρεβάτι. «Πάλι χαραμίζεις τα δάκρυά σου μικρή μου. Δεν είναι κάτι τόσο σοβαρό. Θα το ξεχάσει σύντομα. Το είπες κι εσύ, είμαστε κομμάτι σου». Ωστόσο, εγώ ακόμα αναρωτιέμαι πώς γίνεται να μην βλέπει αυτά που βλέπω στο κόσμο γύρω μας. Προσπαθώ να της το εξηγήσω. Πώς γίνεται τα ίδια μάτια να βλέπουν τόσο διαφορετικά μια πραγματικότητα; «Ίσως μικρή μου, γιατί την ύπαρξη γύρω μας την κοιτάμε με την ψυχή και οι ψυχές σας διαφέρουν». Είμαι ακόμα σε υπερένταση από τον καυγά μας. Ο τρόπος που μου φώναζε για να κερδίσει το δίκιο της με εξόργισε τόσο, που αν ήταν εφικτό δεν θα ήθελα να την ξανακούσω για ώρες, ίσως και για πάντα. Όμως τώρα ακούω πάλι τη φωνή της, σαν να βρίσκεται πίσω από την πόρτα μου, αλλά την αγνοώ επιδεικτικά. Ο θυμός μου δεν έχει καταλαγιάσει ακόμα, για να διαχειριστώ μια ακόμα διαμάχη μαζί της. «Ίσως αν τα έγραφες μικρή μου, όπως σου έμαθε η φίλη μας, ίσως έτσι να ηρεμήσουμε. Κι εγώ άρχισα να νιώθω τον εκνευρισμό σου ξέρεις! Δεν είναι ευχάριστο αίσθημα».

Ξεκινάω να γράφω. Αγαπητό μου ημερολόγιο, μπλα μπλα μπλα, οι κλασικές αηδίες. Τις αφήνω και μπαίνω στην ουσία. Πάλι εμφανίστηκε εκείνη και πάλι μαλώσαμε άσχημα. Δεν με αφήνει να ζήσω τη ζωή μου έτσι όπως θέλω, να κάνω τα λάθη, τις επιλογές μου. Ξεπροβάλει πάντα μπροστά μου για να μου δείξει «το σωστό». Και ποιο είναι το σωστό δηλαδή; Αυτό που κάνουν όλοι; Η συνταγή της επιτυχίας που δόμησε τόσες και τόσες ζωές της σημερινής «επιτυχημένης» κοινωνίας μας; Τι σαχλαμάρες! Ή μήπως το σωστό είναι αυτό που ταιριάζει σε εκείνη; Οι δικές της επιλογές όπως τις έζησε και τις ζει, όταν δεν είμαι εγώ εδώ. Σίγουρα το πρόσωπό της αποπνέει κάποια σοφία και λόγω των χρόνων της έχει μάθει και έχει αντιμετωπίσει πολλά, το αναγνωρίζω, αλλά δεν εφαρμόζουν όλες οι συμβουλές της στη δική μου ζωή. «Αχ, μικρή μου, πώς μπορείς να μιλάς τόσο εύκολα για μία δική σου ζωή! Σε παρακαλώ, άκου κι εκείνη. Θέλει μόνο το καλό μας, δεν έχει σε όλα άδικο». Το ξέρω! Σταμάτα κι εσύ! Κοίτα τι γράφω. Ακούω συχνά τις συμβουλές της, ακόμα και όταν εσύ, που είσαι πάντα τόσο ευγενική με όλους και την υποστηρίζεις, λείπεις. Αλλά δεν μπορώ να ζω τη ζωή μου, τη ζωή μας, όπως την ορίζει εκείνη. Συμφωνήσαμε όλες ότι η καθεμία θα έχει τον χρόνο της να δρα όπως θέλει και όμως δε το σέβεται. Εγώ δεν θέλω να ζήσω όπως όλος ο κόσμος, όπως εκείνη. Βλέπω τα λάθη τους και θέλω να τα αλλάξω, γιατί αν δεν προσπαθήσει κανένας τότε σίγουρα τίποτα δεν θα εξελιχθεί και όλη αυτή η μαυρίλα στις ζωές μας θα μείνει η ίδια, μέχρι ο χρόνος να τη σβήσει από τον χώρο, μέχρι να γίνουμε απλά ένα κομμάτι της ιστορίας αυτού του πλανήτη.   Την ακούω πάλι να πλησιάζει, δεν θέλω να της μιλήσω.

«Αρκετά με κράτησες στη σιωπή. Έχω να σου πω πολλά. Όλη την ώρα γράφεις και φιλοσοφείς.   Νομίζεις μπορείς μόνη σου να καταφέρεις τα πάντα; Ο κόσμος είναι σύνθετος κι εσύ στέκεις πολύ μικρή για να τον καταλάβεις και να τον αλλάξεις. Προσπάθησα τόσες φορές να στο πω. Όσο πιο πολύ προσπαθείς τόσο περισσότερο θα μας πληγώνεις, ειδικά εκείνη.   Στο έχω πει, είναι πολύ καλή για αυτό τον κόσμο».

«Μην την ακούς μικρή μου, εγώ θα μας στηρίξω ότι κι αν γίνει, και ας μην το αντέχω, οφείλω να το κάνω, είμαστε ένα. Θα πέθαινα για μας».

«Όλο βλακείες είσαι κι εσύ. Αντί να κοιτάμε να κάνουμε τη ζωή μας πιο εύκολη, να αποδεχτούμε την πολυπλοκότητα του κόσμου και να βρούμε ένα τρόπο να περάσουμε αλώβητες τον χρόνο που μας απομένει εδώ, εσείς ή μάλλον εσύ, προσπαθείς να αλλάξεις την σύσταση του. Το χώμα δεν θα γίνει ποτέ νερό κι εσύ ποτέ δεν θα καταφέρεις να αλλάξεις καμία από τις συμφορές που βασανίζουν τις ζωές κάποιον ανθρώπων. Μόνο θα προσπαθείς, θα κουράζεσαι, θα παλεύεις. Μάταια. Όταν μία μάχη δεν μπορεί να κερδηθεί πρέπει να ξέρεις να υποχωρείς, να δέχεσαι την ήττα σου και να μάθεις ζεις με αυτή. Δεν έχεις αυτό το κουράγιο. Έτσι όπως είσαι, όπως είμαστε, κανένας δεν θα μας πάρει στα σοβαρά. Ξύπνα. Τίποτα δεν θα αλλάξει. Κανένας τους δεν θα σταματήσει να σου μιλάει άσχημα, να σε κατακρίνει να είναι μνησίκακος. Κανένας δεν θα πάρει στα σοβαρά τις ιδέες και τα ιδανικά σου, ώστε να σε βοηθήσει σε αυτό το πολυπόθητο όραμα. Ένας κόσμος που όλοι θα μοιράζονται τις ίδιες αξίες. Ένας κόσμος φτιαγμένος με αγάπη και καλοσύνη. Όλοι θα καταλάβουν ότι είσαι τρελή. Γι' αυτό εγώ μας κρατάω εδώ. Εδώ είμαστε ασφαλείς από την κακία και την ασχήμια του κόσμου.

Αντί να φύγω εγώ, αυτή τη φορά έδιωξα εκείνη από το δωμάτιο. Δεν γίνεται να μείνουμε εδώ μέσα μόνες, όπως λέει, κλεισμένες στην παράνοιά μας. «Μικρή μου, δώσε της λίγο χρόνο. Σύντομα θα περάσει ο θυμός της και θα μας αφήσει να βγούμε για λίγο. Φοβάται απλά ότι ο κόσμος εκεί έξω είναι πολύ κακός για μας και ότι δεν θα αντέξουμε να πληγωθούμε. Κυρίως εγώ». Εγώ όμως θα αντέξω. Εκείνη σίγουρα όχι.   Δεν φοβάται για εμάς, δεν το βλέπεις; Φοβάται για τον εαυτό της. Αυτό που καταλαβαίνω είναι ότι, αφού θέλει τόσο πολύ, όπως λέει, να προστατέψει εσένα, την πιο ευγενική και γεμάτη αγάπη εκδοχή μας, αντί να προσπαθήσει να αλλάξει κάτι, να φτιάξει έναν κόσμο στον οποίο θα μπορείς να ζήσεις όπως σου αξίζει, χαρά μου, προσπαθεί να σε περιορίσει σε ένα τόσο στενό περιβάλλον όπου κανένας δεν θα καταφέρει να σε γνωρίσει και να σε αγαπήσει όπως εμείς. Δεν μπορώ να τη συγχωρώ για πάντα για αυτό.

Ένιωθα πλέον μόνο την ύπαρξή τους μέσα μου, χωρίς όμως να ακούω τις φωνές τους. Ένιωθα τη μία οργισμένη, να προσπαθεί να πάρει τον έλεγχο του μυαλού μας, να προσπαθεί να με πείσει να φοβάμαι, να προσαρμοστώ εγώ στα δεδομένα του κόσμου, αντί να φέρω εκείνον στα μέτρα μας. Ένιωθα το φόβο της, ότι ο κόσμος θα πλήγωνε τη χαρά μας ανεπανόρθωτα. Τόσο, που θα την έκανε να φύγει, όπως είχε γίνει κάποτε και ίσως τώρα να μην γύριζε ποτέ ξανά πίσω. Εκείνη προτιμούσε να επαναπαυτεί σε αυτά τα λίγα που είχαμε αποκτήσει με τόσο κόπο κι εγώ ήθελα να κυνηγήσω τα αστέρια. Από την άλλη, ένιωθα τη χαρά μας να πάλλεται σε μια γωνιά, μη ξέροντας ποιας τη θέση να πάρει, πώς να παραμείνει το ίδιο καλόκαρδη, πώς να μπορέσει να κατανοήσει όλες τις απόψεις και να μας συμφιλιώσει για μία ακόμα φορά.

Όλα παρέμεναν ανακατεμένα στο μυαλό μας, ίσως και για χρόνια. Είναι πλέον δύσκολο να θυμηθώ. Οι τρείς εαυτοί μου, προσπαθούμε να βρούμε τις ισορροπίες του κόσμου, άλλοτε αλλάζοντάς τον ένα βήμα τη φορά, άλλοτε προστατεύοντας μας από τις δυσκολίες και την κακία του. Και η χαρά μας, πάντοτε στη μέση, να προσπαθεί να συνενώσει τις δύο αντικρουόμενες δυνάμεις του εαυτού μας με την γεμάτη καλοσύνη ψυχή της που πάντοτε, σχεδόν μαγικά, κατανοούσε και μπορούσε να αφουγκραστεί τα πάντα. Ποτέ καμία δεν υπερίσχυσε και δεν έδιωξε κάποια από το μυαλό μας. Ίσως γιατί μας ήταν πιο εύκολο να έχουμε η μία την άλλη, για να μην νιώθουμε μοναξιά. Ίσως πάλι επειδή καμία δεν ήταν γραφτό να υπερισχύσει. Γιατί, για να επέλθει ισορροπία, τίποτα δεν γίνεται να είναι απόλυτο ή μονομερές. Όλες ήμασταν και θα είμαστε αναγκαίες για το σύστημα. Το θέμα είναι για πόσο ακόμα θα κρατάμε τις ισορροπίες.

"Χρόνος"

(Charlie Haden & Gonzalo Rubalcaba: Nightfall)

Έβαλε το ξυπνητήρι να χτυπήσει στις 5:30. Πέντε ώρες και τριάντα δύο λεπτά. Ποτέ ο ύπνος του δεν ήταν αρκετός, αλλά και ποτέ δεν ένιωθε τόσο κουρασμένος όσο θα μπορούσε να δικαιολογήσει η δύσκολη ζωή του. Άνοιξε τα μάτια του απότομα. Ο βίαιος ήχος από το ξυπνητήρι διατάραξε για ακόμα μια φορά τα ήρεμα όνειρά του. Ένιωθε ότι είχαν περάσει μόνο μερικά λεπτά από τότε που αποκοιμήθηκε.

Σηκώθηκε, ντύθηκε, έστρωσε το κρεβάτι του, ετοίμασε το πρωινό του, το έφαγε, ξυρίστηκε, έπλυνε τα δόντια του, πήρε το αμάξι του, πήγε στη δουλεία του. Η ώρα ήταν μόλις έξι και είκοσι το πρωί, αλλά εκείνος ένιωθε ότι είχε αργήσει, για τη δουλεία του, για τη ζωή του. Ναι πραγματικά, ήταν μόλις είκοσι εφτά χρονών αλλά ένιωθε ότι είχε μείνει πολύ πίσω στη ζωή του. Τόσες γνώσεις, τόσες ιδέες, τόσες εμπειρίες κι εκείνος ήταν συχνά παγιδευμένος στην καθημερινότητα που του επέβαλε η μοίρα των μέχρι τότε επιλογών του. Άλλοι νέοι, σκεφτόταν, δεν είχαν χάσει χρόνο. Ήδη είχαν αποκτήσει μεγάλη γνώση και εργάζονταν για κάτι σημαντικό. Δεν «σπαταλούσαν» τις μέρες τους. Το τι ήταν αυτό το σημαντικό, δεν μπορούσε ακόμα να προσδιορίσει στο μυαλό του. Ίσως κάτι που θα τους έκανε αθάνατους στο πέρασμα του χρόνου.

Η κίνηση αφόρητη όπως πάντα, του κόστισε δέκα παραπάνω λεπτά για να φτάσει στην επιχείρηση που εργαζόταν. Δέκα λεπτά χαμένα από τη μέρα του. Δικαιολόγησε όμως την ύπαρξη του χαμένου τούτου χρόνου, γιατί έτσι είχε την τύχη να απολαύσει στο ραδιόφωνο το αγαπημένο του τραγούδι. Τέτοιες μικρές στιγμές ευτυχίας δεν του τύχαιναν συχνά. Έφτασε όμως ακριβώς στην ώρα του για τη δουλειά, γιατί πάντα υπολόγιζε τέτοια μικρά χρονικά ολισθήματα στη μέρα του. Το οκτάωρό του, κουραστικό όπως πάντα. Κάτι που τον έκανε να μην αντιλαμβάνεται το πόσο γρήγορα κυλούσε ο χρόνος. Ο χρόνος που θα τον έφερνε απόψε κοντά στην αγαπημένη του. Ένιωθε ότι σπαταλούσε τις στιγμές όταν βρισκόταν μακριά της -ή όταν δεν προσπαθούσε να γίνει καλύτερος- πως τίποτα δεν είχε νόημα χωρίς εκείνη- και χωρίς τις ιδέες του- και όσο πιο πολύ το σκεφτόταν αυτό, τόσο πιο αργά κυλούσε ο χρόνος.

Στη διαδρομή για την επιστροφή σκεφτόταν συνέχεια τις δουλειές που είχε να κάνει όταν θα γυρνούσε σπίτι. «Συμμάζεμα, ένα πλυντήριο, άπλωμα, σιδέρωμα, θέλω να κάνω και ένα μπάνιο να προλάβω να της μαγειρέψω και κάτι πριν γυρίσει κι εκείνη από τη δουλειά. Αχ, δεν θα προλάβω! Αν της έλεγα να έρθει αργότερα; Όχι θέλω να την δω αμέσως! Θα κάνω ένα γρήγορο ντους με παγωμένο νερό, δεν θα περιμένω να ζεσταθεί, για να κερδίσω χρόνο και ταυτόχρονα θα ετοιμάσω την κατσαρόλα για να της κάνω την αγαπημένη της καρμπονάρα. Ναι, θα προλάβω. Σίγουρα θα προλάβω!». Μονολογούσε σαν τρελός μέσα στο αυτοκίνητό του. Κόλλησε πάλι στην κίνηση. Πόσο ανούσια του φαίνονταν όλα κάτι τέτοιες στιγμές.

Τελείωσε όσο πιο γρήγορα μπορούσε ό,τι είχε να κάνει και πάνω στην ώρα που έστρωνε το τραπέζι άκουσε το κουδούνι. Άνοιξε την πόρτα και πήρε μια βαθιά ανάσα. Σαν την πρώτη του ανάσα. Σαν να ξεκινούσε τώρα τη ζωή του. Ήταν εκείνη. Ήξερε ότι δεν θα είχε παρά μόνο δύο μέρες μαζί της, πριν γυρίσουν και οι δύο στην καθημερινότητά τους και θα έπρεπε να τις εκμεταλλευτεί όσο καλύτερα μπορούσε. Δεν θα είχε πολλές ευκαιρίες να την κάνει να χαμογελάσει σε αυτό το διάστημα. Ούτε αρκετές στιγμές να χαζεύει τα μάτια της όταν εκείνη του μιλάει για τη θρησκεία, τη ζωή, τον έρωτα. Δεν θα περνούσε αρκετό χρόνο να τη χαζεύει όταν κοιμάται στην αγκαλιά του, να της αναλύει τις σκέψεις του για την πολιτική και για το πώς ήθελε να αλλάξει τον κόσμο. Οι στιγμές τους, οι αναμνήσεις που ήθελε να χτίσουν, δεν θα ήταν ποτέ αρκετές. Οι ώρες περνούν πάντα γρήγορα και ευχάριστα μαζί της. Είχε πλέον νυχτώσει κι εκείνη ήδη μισοκοιμόταν κουρνιασμένη στο στήθος του. Χάθηκε πάλι στις σκέψεις του.

Ήταν από τις λίγες φορές που αν και την κρατούσε αγκαλιά δεν ένιωθε την ζεστασιά του έρωτά τους να τον κατακλύζει. Είχε αυτό το περίεργο αίσθημα, το σφίξιμο στην καρδιά και στο στομάχι. Ένας διαρκής αγώνας με τις ημέρες, τις ώρες, τα λεπτά. Δεν μπορούσε να το διαχειριστεί. Κάθε στιγμή είχε σημασία και είτε θα τον οδηγούσε πιο κοντά, είτε θα τον απομάκρυνε όλο και περισσότερο από τα όνειρά του. Οι απαιτήσεις του από τη ζωή του ήταν υψηλές, αλλά ο χρόνος του στον πλανήτη ελάχιστος για όλα αυτά που ήθελε να αντιληφθεί, για όλα όσα ήθελε να ζήσει μαζί της. Ήθελε να βρει το χρόνο να σπουδάσει κι άλλο στον τομέα του, διότι έτσι πίστευε ότι θα μπορούσε να προσφέρει ό,τι καλύτερο μπορούσε στην εργασία του. Ήθελε να μάθει για το σύμπαν και το πώς λειτουργεί, γιατί πίστευε ότι έτσι θα κατανοούσε καλύτερα την ύπαρξη του. Ήθελε να κάνει ταξίδια, για να γνωρίσει καλύτερα τους ανθρώπους και το πώς λειτουργούν οι κοινωνίες τους. Ήθελε... Κι ύστερα υπήρχε κι εκείνη. Εκείνο το γλυκό πλάσμα που κοιμόταν τώρα ήρεμα στην αγκαλιά του, με τα δικά του όνειρα και τις δικές του βλέψεις για τη ζωή. Θα μπορούσε άραγε να την κρατήσει κοντά του σε όλο αυτό το ταξίδι της ζωής του. Μόνο ο χρόνος θα το έδειχνε. Της έδωσε ένα φιλί στο μέτωπο και αποκοιμήθηκε με τη μυρωδιά της κολόνιας της στα ρουθούνια του και ένα ευχάριστο αίσθημα ότι όλα θα πήγαιναν καλά.

Άνοιξε τα μάτια του απότομα. Ο βίαιος ήχος από το ξυπνητήρι διατάραξε για ακόμα μια φορά τους εφιάλτες του. Είχαν περάσει ακριβώς έξι ώρες και δεκαοχτώ λεπτά από την ώρα που αποκοιμήθηκε και πλέον ένιωθε κουρασμένος από όλα. Κουρασμένος με όλα. Σηκώθηκε, ντύθηκε, έστρωσε το κρεβάτι του, ετοίμασε το πρωινό του, το έφαγε, ξυρίστηκε, έπλυνε τα δόντια του, κοίταξε τον εαυτό του στο καθρέφτη. Δεν ήταν ο ίδιος άνθρωπος που ήταν πριν από τέσσερα χρόνια. Η λάμψη στα μάτια του είχε χαθεί. Ο χρόνος τον είχε κερδίσει.

Έφτασε στη δουλειά του ελαφρώς αργοπορημένος, όπως συνήθιζε τον τελευταίο αυτό χρόνο. Ήταν αποτέλεσμα της έλλειψης ενδιαφέροντος που έδειχνε για την επιχείρηση εδώ και καιρό. Έτσι κι αλλιώς, ήξερε ότι δεν υπήρχε κάτι τόσο σημαντικό που είχε να προσφέρει στον κόσμο. Η δουλειά του και η ζωή του δεν άλλαζε τίποτα και κανέναν σημαντικά προς το καλύτερο. Το όνειρο, για να πετύχει κάτι αξιομνημόνευτο που θα ζούσε για πάντα, οι πιθανότητες για την αθανασία του, είχαν χαθεί χρόνια τώρα. Ή τουλάχιστον έτσι είχε πείσει τον εαυτό του ότι είχε συμβεί, παρόλο που ακόμα δεν είχε εξιχνιάσει τον τρόπο με τον οποίο θα την κέρδιζε.

Στο δρόμο της επιστροφής σκεφτόταν τις δουλειές ρουτίνας που είχε να τελειώσει μέχρι το βράδυ. Κανένα άλλο ενδιαφέρον στη ζωή του. Τίποτα δεν το περίμενε πλέον. Καμία ζωή δεν συνδεόταν με τη δική του. Προσπαθούσε να θυμηθεί πότε έχασε το παιχνίδι με το χρόνο. Δεν μπορούσε να καταλάβει πότε παραδόθηκε και πώς η μιζέρια της καθημερινότητας και της κοινωνίας που τόσο πάσχιζε να αλλάξει, τον ρούφηξε σαν δύνη και τον έκανε κομμάτι της. Εκείνη, η μεγάλη του αγάπη, δεν άντεξε τις μικρές δόσεις αυτοκαταστροφής που άφηνε να μπαίνουν στη ζωή του μέρα με τη μέρα. Ένας μόνιμος, αλλά απροσδιόριστος αγώνας με το χρόνο, χωρίς σαφή προορισμό, είχε γίνει η εμμονή που τον κατέτρωγε αυτά τα χρόνια. Τίποτα δεν έφτανε, τίποτα δεν ήταν ποτέ αρκετό και στην πορεία, «αποφάσισε» ότι δεν μπορούσε να συνεχίσει να παλεύει για να κερδίσει λίγη ακόμα ζωή.

Η αλήθεια είναι ότι τελικά ο μεγαλύτερος εχθρός του δεν ήταν ο χρόνος, αλλά ο ίδιος του ο εαυτός. Ποτέ δεν μπόρεσε να αναγνωρίσει στον εαυτό του πόσα είχε προσφέρει στην πορεία της εξέλιξής του. Πόσους ανθρώπους είχε αγγίξει με την καλοσύνη και την μεγαλοψυχία του και πόσους είχε βοηθήσει να ορθοποδήσουν στις δυσκολίες της ζωής τους. Πως κάθε μέρα γινόταν καλύτερος συνεργάτης, μια προσωπικότητα που για μεγάλο διάστημα οι συνάδελφοί του ήξεραν ότι μπορούν να μάθουν και να βασιστούν πάνω σε αυτή. Μια μικρή ηγετική φυσιογνωμία που στήριζε ένα ολόκληρο τμήμα. Πόσο είχε βοηθήσει εκείνη να γίνει καλύτερος άνθρωπος, να αναδείξει τα ταλέντα της και να εξελιχθεί στον τομέα της εργασίας της. Μια σειρά από μικρές πράξεις που διαμόρφωναν έναν τεράστιο άνθρωπο. Όμως η αδυναμία του να παραδεχτεί όλα όσα είχε καταφέρει, τον έκανε να νιώθει ανούσιο και τον οδήγησε με μαθηματική ακρίβεια στην αυτοκαταστροφή του. Ποτέ όμως δεν είναι αργά για αλλαγή. Ο χρόνος μας είναι πάντοτε σχετικός.

Έβαλε το ξυπνητήρι να χτυπήσει στις 5:30. Άνοιξε τα μάτια του γαλήνια πριν εκείνο προλάβει να χτυπήσει και γύρισε για να την πάρει αγκαλιά. Μια απλή συνειδητοποίηση αρκούσε για να αλλάξει τα πάντα. Ο χρόνος και οι πράξεις μας μέσα σε αυτόν έχουν την αξία που επιλέγουμε εμείς να τους δώσουμε. Ήταν πλέον αθάνατος.

"Ακούς;"

(Don Ellis: Whiplash)

- Αχ, άκου δεν είπα αυτό και δεν λέω ότι η άποψή μου είναι η σωστή. Απλά λέω ότι ίσως υπάρχει μία δόση αληθ...

- Ναι , ναι... Ξέρω τι είπες! Αλλά είναι βλακεία αυτό που λες και δεν είναι ότι δεν ακούω. Είναι ότι διαφωνώ.

Κάθε φορά που το παίζει ξερόλας και εξηγεί την άποψή της λες και είμαι δέκα χρονών, νιώθω ότι με υποτιμάει, λες και είμαι καμία χαζή.

- Μα δεν με άφησες να τελειώσω την πρότασή μου. Και δεν μου έχεις εξηγήσει ακόμα γιατί και κυρίως πώς γίνεται να διαφωνείς με κάτι που δεν έχεις καν ακούσει.

- Γιατί πάντα υπέρ αναλύεις και λες πράγματα μπερδεμένα που δεν έχουν καμία βάση, απλά για να φαίνεσαι διαβασμένη.

Ίσως δεν θα έπρεπε να της μιλήσω τόσο άσχημα, αλλά από την άλλη με υποτιμάει όταν μου φέρεται έτσι. Πάντα προσπαθεί να δείχνει ποια είναι και να το παίζει σημαντική, όμως τα βαρέθηκα αυτά. Την βαρέθηκα πια!

- Εντάξει δεν συνεχίζω, ας πούμε ότι συμφωνούμε στο ότι διαφωνούμε και ας τελειώσει εδώ η κουβέντα.

- Με εκνευρίζει που επιμένεις τόσο.

- Μα δεν επιμένω, είδες, είπα να αλλάξουμε κουβέντα. Εγώ δεν μπορώ να ταυτιστώ με τη λογική σου, εσύ δεν ακούς τα επιχειρήματά μου οπότε απλά καταλήγουμε στο ότι διαφωνούμε.

- Εσύ και οι θεωρίες σου πρέπει συνέχεια να έχετε δίκιο, έτσι;

Την είδα να παγώνει. Πρώτη φορά ένιωσα ότι «κέρδισα» σε μια διαφωνία μαζί της, επειδή είχα το θάρρος να την φέρω αντιμέτωπη με την αλήθεια της. Μπορεί να είναι πολύ καλή μου φίλη, αλλά με έχει κουράσει αυτή η ανάγκη της να προβάλει τόσο τον εαυτό της σε όλα. Δεν την νοιάζει το τι πιστεύω εγώ πραγματικά, αρκεί να αναλύσει την άποψή της, για να σε πείσει ότι δεν έχεις δίκιο. Αν δεν ήταν έτσι δεν θα φαινόταν τόσο νευριασμένη. Και πάντα πρέπει να μιλάμε για θέματα που αρέσουν σε 'κείνη. Αλλά όποτε της μιλάω εγώ για κάτι, ούτε να με ακούσει. Ώρες ώρες αναρωτιέμαι, γιατί πρέπει να ανέχομαι αυτή την κατάσταση. Δεν πρόκειται να νοιαστεί ποτέ πραγματικά για μένα. Γιατί συνεχίζουμε να κάνουμε παρέα;

- Έμαθες για την πρώην του Μάκη έτσι;

- Όχι

- Λοιπόν δες, αυτή [...] Και μετά από τόσο καιρό εν τέλει είναι ξανά μαζί.

- Με τον Μάκη;

- Όχι βρε! Καλά δεν κατάλαβες τι σου εξηγώ τόση ώρα;

Άραγε θα με ακούσει ποτέ όταν της μιλάω; Αλλά βέβαια, τα δικά της θέματα, οι δικές της σκέψεις είναι πιο σημαντικές από τις δικές μου. Δεν θα ακούσει αυτά που έχω να της πω, αυτά που έμαθα και με απασχολούν. Με κουράζουν οι θεωρίες της. Η σχολή και η καθημερινότητα με πνίγουν και θέλω όταν βγαίνω να χαλαρώνω και να κάνω μια ψιλοκουβέντα που θα με κάνει να ξεχνιέμαι από τις έγνοιες μου. Θέλω να λέμε τα νέα μας, να μαθαίνω τι κάνει στη ζωή της, πώς είναι η καθημερινότητά της, να σχολιάζουμε και να γελάμε με τις γκάφες των άλλων και τέλος πάντων, να περνάμε ευχάριστα τις ώρες μας, όπως κάνουν όλες οι φίλες. Στα δύσκολα θέλω να με κάνει να ξεχνιέμαι, όχι να με γεμίζει σκοτούρες. Αλλά εκείνη δεν το καταλαβαίνει. Και δεν νομίζω ότι θα μπορέσει να με καταλάβει ποτέ. Είναι σαν να βρισκόμαστε σε διαφορετικούς κόσμους την ίδια στιγμή και ο εγωισμός της θέλει να αποδείξει ότι ο δικός της κόσμος είναι καλύτερος από το δικό μου.

- Θες να πούμε κάτι άλλο;
- Με εκνευρίζει που μιλάω και με γράφεις το ξέρεις;
- Έχεις δίκιο απλά απορροφήθηκα κοιτώντας τα λουλούδια. Είναι πολύ όμορφα! Κοίτα εκείνη τη γαρδένια.
- Ναι καλέ, τα χάζευα πριν έρθεις. Κοίτα τι ωραίες φωτογραφίες που τα έβγαλα. Ποια λες να ανεβάσω; Αυτή; Ή μήπως αυτή, που έχει και καλύτερα χρώματα, ε; Ναι, αυτή θα βάλω.

Λατρεύω να βγάζω φωτογραφίες και αυτά τα λουλούδια κέρδισαν το ενδιαφέρον μου από την πρώτη στιγμή που τα είδα. Ο φωτισμός ήταν ιδανικός και η φωτογραφία αψεγάδιαστη. Μου έφτιαχνε τη διάθεση να κοιτάζω το πόσο υπέροχα μπορεί να απαθανατίσει η κάμερα κάτι τόσο απλό, όσο αυτά τα συνηθισμένα λουλούδια στο παρτέρι της πλατείας της γειτονιάς μας. Ήθελα να μοιραστώ αυτή την όμορφη εικόνα με όλους. Ανυπομονούσα να ανεβάσω τη φωτογραφία στο ίντερνετ.

Εκείνη ούτε που έδωσε σημασία σε όλα αυτά. Δεν μπόρεσε καν να προσέξει τη φωτογραφία, για την οποία εγώ ήμουν τόσο περήφανη. Μουρμούρισε κάτι όση ώρα κοιτούσα το κινητό μου. Δεν έδωσα σημασία. Είχα πλέον πιο σημαντικά πράγματα να ασχοληθώ.

- Είπες κάτι; Έστελνα μήνυμα στη Φωτεινή. Κανονίζουμε για το βράδυ, κάνα κλαμπάκι, θα έρθεις;

- Μπα! Θα πάω βόλτα Ακρόπολη και μετά για ύπνο.

- Μόνη;

- Ναι, αν θέλετε βέβαια ελάτε.

Συχνά μας αποφεύγει εμένα και τη Φωτεινή. Προτιμάει την μοναξιά της μερικές φορές. Δεν μου φαίνεται περίεργο, είναι μυστήρια κοπέλα, απόμακρη και σκληρή με τους ανθρώπους. Καλύτερα που δεν θα έρθει, θα χάλαγε και τη δική μου διάθεση στο τέλος. Νομίζω ότι δεν είναι όλοι οι άνθρωποι τόσο κοινωνικοί όσο εγώ και σίγουρα εκείνη είναι μία από αυτούς. Αυτό που με τράβηξε κοντά της, ήταν η ανάγκη μου να τη βοηθήσω να ενταχθεί πιο εύκολα στο πανεπιστήμιο, γιατί μου φαινόταν πολύ κλειστός άνθρωπος, χωρίς παρέες ή φίλους. Νομίζω πως τα κατάφερα αρκετά καλά και στάθηκα πάντοτε κοντά της. Πάντα ήμουν εκεί να ακούσω τις θεωρίες της ακόμα και αν δε με ενδιέφεραν, άσχετα που εκείνη ποτέ δεν συμβιβάστηκε με τις δικές μου ανάγκες. Κάποια στιγμή όμως θα πρέπει να ενδιαφερθεί κι εκείνη, έστω από ευγνωμοσύνη για το πόσο τη βοήθησα. Αλλιώς δεν νομίζω ότι μπορώ να συνεχίσω να την έχω στη ζωή μου. Άραγε τι πιστεύει εκείνη για μένα;

- Αχ, άκου δεν είπα αυτό και δεν λέω ότι η άποψή μου είναι η σωστή. Απλά λέω ότι ίσως υπάρχει μία δόση αληθ...

- Ναι , ναι... Ξέρω τι είπες! Αλλά είναι βλακεία αυτό που λες και δεν είναι ότι δεν ακούω. Είναι ότι διαφωνώ.

Γιατί πάντα να με διακόπτει; Γιατί δεν μπορεί μια φορά να ακούσει πριν να απαντήσει; Γιατί δεν μπορεί μια φορά να ακούσει όχι με σκοπό να απαντήσει, αλλά να καταλάβει;

- Μα δεν με άφησες να τελειώσω την πρότασή μου. Και δεν μου έχεις εξηγήσει ακόμα, γιατί και κυρίως πώς γίνεται να διαφωνείς με κάτι που δεν έχεις καν ακούσει.

- Γιατί πάντα υπέρ αναλύεις και λες πράγματα μπερδεμένα που δεν έχουν καμία βάση απλά για να φαίνεσαι διαβασμένη.

- Εντάξει δεν συνεχίζω, ας πούμε ότι συμφωνούμε στο ότι διαφωνούμε και ας τελειώσει εδώ η κουβέντα.

Θα το έλεγα συζήτηση, αλλά μεταξύ μας αν ήταν συζήτηση, ίσως ένιωθα ότι ο συνομιλητής μου με σέβεται και δεν προσπαθεί απλά να προστατέψει τον εγωισμό του ή να βλάψει το δικό μου.

- Με εκνευρίζει που επιμένεις τόσο.

- Μα δεν επιμένω, είδες, είπα να αλλάξουμε κουβέντα. Εγώ δεν μπορώ να ταυτιστώ με τη λογική σου, εσύ δεν ακούς τα επιχειρήματά μου, οπότε απλά καταλήγουμε στο ότι διαφωνούμε.

- Εσύ και οι θεωρίες σου πρέπει συνέχεια να έχετε δίκιο, έτσι;

Πάγωσα! Δεν μπορούσα να καταλάβω, πώς της έδωσα την εντύπωση ότι έχω την ανάγκη να έχω πάντα δίκιο; Εγώ, ήθελα απλά να συζητήσω μαζί της, να καταλάβω τις απόψεις της, να τη βοηθήσω να δει και μία άλλη οπτική, τη δική μου, να τα σκεφτούμε όλα μαζί και να καταλήξουμε σε μια αποδεκτή και για τις δυο μας αλήθεια.

Εγώ απλά είχα την ανάγκη να μιλήσω, για κάτι βαθύτερο, πιο ουσιαστικό, όπως η ελεύθερη βούληση του ανθρώπου. Για το πώς είναι πιθανό όλες μας οι επιλογές να βασίζονται και να εξαρτώνται από προηγούμενες εμπειρίες μας. Εμπειρίες που δεν μπορούσαμε να ελέγξουμε και που ερμηνεύαμε ο καθένας με διαφορετικό τρόπο εξαιτίας των διαφορετικών μας ερεθισμάτων στα οποία και πάλι δεν είχαμε καμία επιλογή. Και εν τέλει ίσως ως ένα μεγάλο βαθμό όλες μας οι επιλογές να βασίζονται σε μια σειρά γεγονότων που τυχαία ερέθισαν την αντίληψή μας και που σε συνδυασμό με τον γενετικό μας κώδικα, μας έκαναν αυτό που είμαστε σήμερα. Το ξέρω, περίπλοκο, αλλά αν έπαιρνε λίγο χρόνο να με ακούσει και δεν με απέρριπτε από την πρώτη μου κιόλας λέξη; Μάλλον εκείνη είχε την ανάγκη να έχει πάντα δίκαιο. Από την άλλη ίσως τα νεύρα μου δεν με αφήνουν να δω αν είμαι όντως τόσο άδικη μαζί της.

Γεννήθηκε το δίλημμα μέσα μου, αναφορικά με το αν θα έπρεπε να αναλωθώ στο να συνεχίσω μια κουβέντα στην οποία θα «χαράμιζα» τα επιχειρήματά μου και θα εκνευριζόμουν κι εγώ κι εκείνη ή αν θα την άφηνα να πιστεύει ότι έχει δίκιο κι εγώ θα πίστευα το ίδιο για τον εαυτό μου. Αλλά και πάλι, δεν θα υπήρχε κανένα αποτέλεσμα και κανείς δεν θα κέρδιζε τίποτα. Καμιά μας δεν θα γινόταν καλύτερη μέσα από μια τέτοια συζήτηση. Επέλεξα τη δεύτερη λύση ως την πιο ανώδυνη και συνέχισα απολαμβάνοντας τον καφέ μου στην υπέροχη πλατεία, που την στόλιζαν τα ανθισμένα γιασεμιά και η μυρωδιά τους, ενώ την άκουγα να μου περιγράφει με λεπτομέρεια τη ζωή και τα κατορθώματα ανθρώπων, τους οποίους δεν είχα γνωρίσει ποτέ μου.

- Έμαθες για την πρώην του Μάκη έτσι;
- Όχι.
- Λοιπόν δες, αυτή...

Εκείνη η ιδέα τρύπωσε ξανά στο μυαλό μου. Εκείνη η ιδέα που απωθούσα όλα τα χρόνια που τη γνώριζα και αποκαλούμασταν φίλες. "Άραγε με άκουσε πραγματικά ποτέ της;"

- ...Και μετά από τόσο καιρό εν τέλει είναι ξανά μαζί.

- Με τον Μάκη;

- Όχι βρε! Καλά δεν κατάλαβες τι σου εξηγώ τόση ώρα;

Άραγε εγώ θα την προσέξω ποτέ πραγματικά; Θα έπαυε ποτέ να με ενοχλεί αυτή η κατάσταση; Ένιωθα ότι είχα ήδη καταλάβει αρκετά για εκείνη, ώστε να με αφήνει πλέον αδιάφορη η ύπαρξή της. Κοίταξα γύρω μου. Τα λουλούδια κάλυπταν όλα τα παρτέρια και ένα φυτό είχε σηκώσει τα κλαδιά του και σκαρφάλωνε τώρα στον τοίχο. Σε ένα χρόνο από τώρα θα είχε καλύψει πάνω από το μισό.

- Θες να πούμε κάτι άλλο;

- Με εκνευρίζει που μιλάω και με γράφεις το ξέρεις;

- Έχεις δίκιο, απλά απορροφήθηκα κοιτώντας τα λουλούδια. Είναι πολύ όμορφα. Κοίτα εκείνη τη γαρδένια.

- Ναι καλέ, τα χάζευα πριν έρθεις. Κοίτα τι ωραίες φωτογραφίες που τα έβγαλα. Ποια λες να ανεβάσω; Αυτή; Ή μήπως αυτή που έχει και καλύτερα χρώματα, ε; Ναι, αυτή θα βάλω.

Έχωσε τη μούρη της πάλι στο κινητό. Έμοιαζε χαρούμενη. Δεν μπορούσα να καταλάβω τον λόγο. Τι κοινό είχαμε πια; Τι κοινό είχαμε ποτέ; Μια σειρά από φόβους για μοναξιά και ανάγκη για επικοινωνία. Μια επικοινωνία που ουσιαστικά δεν καταφέραμε ποτέ.

- Άννα, τι είναι για σένα η φιλία;

Ήταν τόσο απορροφημένη στο κινητό της που δεν με άκουσε. Κοίταξα πάλι τα λουλούδια. Ξαφνικά ένιωθα να πνίγομαι, ήθελα να αποδράσω. Ήταν σαν να υποδυόμουν ένα ρόλο σε μία παράσταση που δεν μου άρεσε καν το σενάριό της. Και το έκανα από ανάγκη. Κορόιδευα τον εαυτό μου ότι είχα απέναντι μου ένα άτομο που μπορούσα να εμπιστευτώ, να μοιραστώ στιγμές, να στηρίξω και να με στηρίξει στα δύσκολα. Το μόνο που έβλεπα πλέον ήταν μία άγνωστη, έναν άνθρωπο που δεν είχα τίποτα κοινό να μοιραστώ. Έναν άνθρωπο που ήθελε να με αλλάξει ή να με απορρίψει για τις διαφορές μου. Ίσως αυτό να σήμαινε φιλία για εκείνη.

- Είπες κάτι; Έστελνα μήνυμα στη Φωτεινή. Κανονίζουμε για το βράδυ, κάνα κλαμπάκι, θα έρθεις;

- Μπα! Θα πάω βόλτα Ακρόπολη και μετά για ύπνο.

- Μόνη;

- Ναι, αν θέλετε βέβαια ελάτε.

Το πρότεινα ξέροντας ότι θα αρνηθεί. Ποτέ δεν τα βρίσκαμε σε αυτά. Άλλες μουσικές, άλλοι τρόποι διασκέδασης. Δεν ανεχόμουν τον κόσμο στα κλαμπ πλέον. Μόνο το ποτό και ο χορός έκαναν διασκεδαστικά εκείνα τα βράδια μου μαζί της. Για εμένα ήταν πλέον φανερό ότι δεν υπήρχε κανένα κοινό να μας συνδέει και πως καμιά μας δεν είχε όρεξη να δουλέψει τις διαφορές. Δεν υπήρχε ποτέ φιλία ανάμεσα μας. Ήταν απλά μια συμβατική σχέση δύο ανθρώπων που δεν ήθελαν να είναι μόνοι τους σε μια νέα πόλη που ήρθαν να σπουδάσουν. Ποτέ δεν μοιραστήκαμε κάτι ουσιαστικό. Ποτέ δεν προσπάθησε να καταλάβει. Ποτέ δεν κατάφερε να ακούσει.

"Η εξαίρεση"

(Cohen: Dance me to the end of love)

Άνοιξε τα μάτια της και ένιωσε τον καλοκαιρινό, απογευματινό ήλιο να την χτυπάει εκτυφλωτικά, αλλά συνάμα τόσο γλυκά, που την έκανε αμέσως να χαμογελάσει. Ο ήχος από το θρόισμα των φύλλων που προκαλούσε το δροσερό αεράκι την είχε παρασύρει από τον ύπνο, στον οποίο ούτε εκείνη θυμόταν πώς είχε βυθιστεί. Ωστόσο, δεν ένιωθε κρύο να διαπερνάει το κορμί της, το οποίο σε ορισμένα σημεία καλυπτόταν ακόμα από άμμο. Ένιωθε μόνο μια ατελείωτη γαλήνη και μια ζεστασιά που της θύμιζε το αίσθημα που σου προκαλούν τα παιδικά χαμόγελα, γεμάτα αγνότητα και αγάπη. Βρισκόταν στην αγκαλιά του. Μάλλον εκεί είχε αποκοιμηθεί.

Ένιωσε να της κόβεται η ανάσα όταν το πρώτο που αντίκρισε ήταν τα γαλαζοπράσινα μάτια του να την κοιτούν, σχεδόν χαμογελαστά. Άραγε πάντα την κοιτούσε έτσι όταν κοιμόταν; Το βλέμμα του αυτό την έκανε να πιστεύει ότι εκείνη την ώρα προσπαθούσε να διαβάσει την ψυχή και τη σκέψη της, λες και δεν ήξερε ήδη ότι θα βρει μόνο αγάπη. Αλλά μάλλον η διαδικασία της ανακάλυψης το έκανε πιο συναρπαστικό για εκείνον. Έμεινε ασάλευτη, να τον κοιτάζει κατάματα και να αναλογίζεται αν αυτό το αίσθημα απόλυτης ευτυχίας το προκαλούσαν τα μάτια και η αγκαλιά του ή αν ο ήλιος και ο ήχος της θάλασσας, που έγλειφε τώρα ήρεμα τις πέτρες στην παραλία, βοηθούσαν σε αυτή την απόλυτη ολοκλήρωση των αισθήσεών της. Το δεύτερο ήξερε ότι είναι απλώς η γαρνιτούρα στο ήδη τέλειο πιάτο της.

Έσκυψε και την φίλησε στοργικά στο μέτωπο και έπειτα απαλά στα χείλη, επαναφέροντας την αλμύρα της θάλασσας στις αισθήσεις της.

- Ούτε που κατάλαβα πώς με πήρε ο ύπνος. Κοιμάμαι πολύ ώρα;

- Έχει σημασία; Ξεκουράστηκες; Ελπίζω να μην σε ξύπνησα εγώ!

- Όχι, όχι. Ήταν ο αέρας που...

- Σε σκέπασα με την πετσέτα και σε πήρα αγκαλιά. Σκέφτηκα πως δεν θα κρύωνες έτσι.

- Όχι, ήταν ο θόρυβος που... Τέλος πάντων, δεν κρύωσα και κοιμήθηκα υπέροχα. Σ' ευχαριστώ!

- Γλύκα μου! Είσαι υπέροχη όταν κοιμάσαι. Στο έχουν πει ποτέ αυτό;

Και της έδωσε άλλο ένα γλυκό φιλί για να σφραγίσει εμφατικά τα λόγια του.

Η αλήθεια είναι ότι δεν ήξερε κι εκείνος πόση ώρα την κοιτούσε να κοιμάται στην αγκαλιά του. Ήταν μια στιγμή ή μια ζωή; Ήλπιζε στο δεύτερο. Στην πραγματικότητα δεν είχε σημασία, γιατί και για τους δύο όλος ο κόσμος ξεκινούσε και τελείωνε σε αυτές τις αγκαλιές τους. Όλο το νόημα της ύπαρξής τους φυλακιζόταν σ' αυτές. Σαν οι ζωές τους να είχαν προοριστεί για να κάνουν ένα τόσο απλό πράγμα. Να μοιράζονται τέτοιες «μικρές στιγμές».

Έμειναν ακίνητοι για λίγο ακόμα να κοιτούν τη θάλασσα να ηρεμεί όλο και περισσότερο, καθώς ο ήλιος την πλησίαζε πλέον απειλητικά. Άκουγαν τη μουσική από ένα σχεδόν χαλασμένο ηχείο και προσπαθούσαν να αναγνωρίσουν τον σκοπό της. Ήταν άραγε το τραγούδι τους; Αλλά τι σημασία είχε; Πλέον όλα τα τραγούδια ήταν για εκείνους και όλες οι στιγμές που είχαν μαζί, γίνονταν αυτόματα υπέροχες αναμνήσεις. Αρκεί να βρισκόταν κουρνιασμένη στην αγκαλιά του. Αρκεί να χανόταν στα μάτια της.

Σηκώθηκε για να τινάξει την άμμο που είχε απομείνει στην κοιλιά και τους γλουτούς της και εκείνος σχεδόν υπνωτισμένος την ακολούθησε και την τράβηξε κοντά του. Τύλιξε το ένα της χέρι γύρω από το λαιμό του, έσφιξε δυνατά το άλλο κοντά στην καρδιά του και ξεκίνησε να κινείται ρυθμικά, ακολουθώντας τις προσταγές του εύθυμου σκοπού. Δεν άργησε να τον ακολουθήσει κι εκείνη, χαμογελώντας πλατιά κάθε φορά που σήκωνε το βλέμμα της και συναντούσε το δικό του. Ένιωθε να τη διαπερνά ένα κύμα ανατριχίλας που ξεκινούσε από το στήθος της και τη μούδιαζε ως τα άκρα. Τα πόδια της βυθίζονταν στη δροσερή άμμο και που και που προσπαθούσαν να πατήσουν πάνω στα δικά του και να αφεθεί στην κίνησή του, όπως έκανε όταν ήταν μικρή, κάθε φορά που χόρευε με τον πατέρα της.

Ο ήλιος έσβηνε τώρα μέσα στην ηρεμία της θάλασσας. Το τραγούδι τελείωσε και έκαναν και οι δύο από μια μικρή υπόκλιση.

«Σ' αγαπάω μέχρι το άπειρο», του ψιθύρισε στο αφτί και πριν το καταλάβει βρέθηκε στον αέρα, να τη σηκώνει στην αγκαλιά του

Περπάτησαν για λίγο στην παραλία πριν επιστρέψουν στο σπίτι. Τον έβαζε να της λέει ιστορίες από τα παιδικά του χρόνια, τις σκανταλιές που έκανε με τα αδέρφια του και τις αναμνήσεις που είχε με τους φίλους του σ' εκείνη ακριβώς την παραλία. Πάντα θαύμαζε τον τρόπο που της αφηγούνταν τις ιστορίες του και τη σαγήνευε η αγάπη με την οποία μιλούσε για τους ανθρώπους που είχε στη ζωή του. Είχαν όλοι τους μία ξεχωριστή θέση στην ψυχή του. Ήθελε κι εκείνη να είναι κομμάτι αυτού του κόσμου. Να έχει τη δική της θέση. Να νιώσει ξανά μοναδική.

Βέβαια εκείνος της είχε προσφέρει πολλά περισσότερα, κάτι που ίσως δεν μπορούσε να καταλάβει. Είχε φτιάξει ένα ιδιαίτερο μέρος στην καρδιά του για εκείνη. Γιατί ήταν η μόνη γυναίκα που τον άκουσε πραγματικά. Που τον δέχτηκε για αυτό που είναι και που δεν θέλησε ποτέ να τον αλλάξει, παρά μόνο να τον βοηθήσει να ξεπεράσει όποια δυσκολία μπορεί να συναντούσε. Το μόνο που της άξιζε, ήταν να την κάνει ευτυχισμένη. Θα αφιέρωνε πολλά στο μέλλον για αυτό το σκοπό. Και θα τα κατάφερνε.

Το πιο όμορφο, ωστόσο, μεταξύ τους, ήταν αυτή η αδιάρρηκτη σύνδεση και χημεία που δημιουργήθηκε από τις πρώτες κιόλας συναντήσεις τους και δυνάμωνε περισσότερο όσο καιρό ήταν μαζί. Η ικανότητά της να διαβάζει και να καταλαβαίνει τόσο εύκολα και απλά την σκέψη του, την ολότητα της ύπαρξής του και από την άλλη η ιδιότητά του να γνωρίζει ακόμα και τις πιο κρυφές ανάγκες και φοβίες της, ακόμα κι αυτές που η ίδια δεν παραδεχόταν στον εαυτό της, ήταν αυτό που τους έκανε ιδανικούς τον ένα για τον άλλον. Σχεδόν σαν δύο μισά που βρήκαν τον τρόπο να ολοκληρωθούν, αν κάποιος πιστεύει σε αυτές τις θεωρίες της αγάπης και του έρωτα. Γι' αυτούς, όμως, η πραγματικότητα δεν ήταν ακριβώς έτσι. Ήταν δύο ολόκληρα, δύο γεμάτοι άνθρωποι, με ελαττώματα, με φόβους, που είχαν περάσει δυσκολίες και που έδωσαν παρόλα αυτά την ευκαιρία ο ένας στον άλλον να ξεδιπλώσουν τα συναισθήματά τους και ν' αγαπηθούν πραγματικά. Έμαθαν στην πραγματικότητα να μοιράζονται τους εαυτούς τους.

Είχαν αδιαμφισβήτητα αρκετές δύσκολες και άσχημες στιγμές και γνώριζαν πως τους περίμεναν κι άλλες. Η απόσταση μεταξύ τους πολλές φορές θα ήταν μεγάλη και αυτό θα τους πλήγωνε. Πολλοί θα προσπαθούσαν να μπουν ανάμεσά τους. Θα φώναζαν, θα τσακωνόντουσαν. Τα ελαττώματα του ενός θα δημιουργούσαν δυσκολίες στη ζωή του άλλου, αλλά όπως του άρεσε να λέει «Κάθε νόμισμα έχει δύο όψεις. Αν δεν έχεις δει την όψη της θλίψης πώς ξέρεις αν αυτό που βιώνεις είναι πράγματι ευτυχία». Άλλωστε, οι δυσκολίες τους έκαναν δυνατότερους και όλα μπορούσαν να τα λύσουν όταν ο ένας κοιτούσε τα μάτια του άλλου, γιατί εκείνα μιλούσαν απολύτως ειλικρινά.

Συνέχισαν να περπατούν στην παραλία με τα χέρια τους μπλεγμένα και τα πόδια τους να βυθίζονται στη μαλακή άμμο. Η μυρωδιά από τα πεύκα και τη θάλασσα ολοκλήρωναν αυτή τη σκηνή που σχεδόν θύμιζε τον παράδεισο. Τον δικό τους παράδεισο. Ο ήλιος πια είχε κρυφτεί εντελώς και παχύ σκοτάδι άρχισε να απλώνεται. Τίποτα δεν φαινόταν να έχει απομείνει πια, αφού η μαύρη σκιά τα σκέπασε όλα. Τίποτα, εκτός από τις ευτυχισμένες ψυχές τους, που περπατούν ακόμα δίπλα στη θάλασσα. Κι ο χρόνος τελείωσε. Κι εκείνες ακόμα περπατούν αγκαλιασμένες.

"Αυτό- βιογραφικό σημείωμα"

(Morgans: Supergirl- You're beautiful)

Εκείνο τον καιρό με ενδιέφερε η φωτογραφία. Όχι ότι δεν είχα πάντοτε μία αγάπη για αυτή την ιδιαίτερη μορφή έκφρασης και τέχνης, αλλά εκείνη τη φορά πίστευα ότι αυτό ήταν το όνειρό μου. Έπρεπε να γίνω φωτογράφος. Αυτή θα ήταν σίγουρα η κλίση μου. Δοκίμασα την τύχη μου με διάφορα σεμινάρια για δύο χρόνια και ήμουν αρκετά καλή. Με τον καιρό όμως, η αρχική πρόκληση αυτού του εγχειρήματος άρχισε να ξεθωριάζει. Η σπίθα, που μέσα σε αυτά τα χρόνια είχε μετατραπεί σε φλόγα, είχε αρχίσει σιγά σιγά να σβήνει. Μέχρι που το αρχικό πάθος μετατράπηκε σε αγάπη, όπως ο έρωτας ενός τρυφερού συντρόφου ωριμάζει με τα χρόνια της σχέσης και επέρχεται στην τελική μορφή του, αυτή της εκτίμησης και της αγάπης για το έτερον ήμισυ. Η εκτίμηση δεν ήταν αρκετή όμως, για να με κρατήσει προσηλωμένη για πάντα. Χρειαζόμουν κάτι καινούριο να με συνεπάρει.

Δεν ήταν η πρώτη φορά που μου συνέβαινε αυτό. Θυμάμαι, όταν ήμουν μικρό κοριτσάκι, τους μεγάλους να με ρωτάνε τι θέλω να γίνω όταν μεγαλώσω κι εγώ. Τότε, ορκιζόμουν ότι ήθελα να γίνω πιανίστρια. Η τύχη μου ήταν μεγάλη, καθώς το πάθος αυτό έτυχε να το μοιράζομε και με τη μητέρα μου, η οποία όταν της είπα ότι ήθελα να μάθω μουσική με βοήθησε όσο περισσότερο μπορούσε. Σπούδασα πιάνο για αρκετά χρόνια και η ιστορία είχε το ίδιο τέλος. Όταν έσβησε η πρόκληση, χάθηκε το ενδιαφέρον και εγώ αφιερώθηκα στην επόμενη «κλίση μου».

Ακολούθησαν τα μαθηματικά, ο προγραμματισμός, η σκηνοθεσία, η ψυχολογία. Αφιέρωνα όλο μου το είναι, για να αποκτήσω γνώσεις σε ένα τομέα και όταν ένιωθα ότι τον κατακτούσα και γινόμουν καλή, δεν έμοιαζε πλέον αρκετός για εμένα.

Τι γίνεται όμως όταν ολόκληρη η κοινωνία είναι φτιαγμένη για ανθρώπους με ταλέντα κι εσύ δεν έχεις κανένα; Τι γίνεται όταν πρέπει να απαντήσεις στο ερώτημα «τι θα γίνεις όταν μεγαλώσεις», ενώ έχεις ήδη μεγαλώσει; Ο κόσμος γύρω σου βιάζεται να σε κάνει να αποφασίσεις, περιμένει την απάντηση κι εσύ τους φλομώνεις με ανακρίβειες και κάνεις ανώφελες προσπάθειες να βρεις αυτό που σε γεμίζει εξ ολοκλήρου. Κι ο χρόνος τρέχει, αλλά εσύ είσαι πιο αργή και σε προλαβαίνει. Και τώρα πρέπει να διαλέξεις τον κλάδο σου. Χώνεσαι σε μια σχολή, για τα φράγκα και τη σιγουριά και τουλάχιστον παίρνεις μια ανάσα, γιατί ξέρεις ότι τώρα κέρδισες λίγο χρόνο, έχεις να ανησυχείς για ένα πράγμα λιγότερο. Ψάχνεις διεξόδους, διαβάζεις, δοκιμάζεις, αλλά ποτέ ένας τομέας δεν γεμίζει το μισοάδειο ποτήρι σου. Έτσι το κενό παραμένει. Η σχολή τώρα τελειώνει και σε λίγο ο κλοιός θα στενέψει και πάλι, γιατί θα πρέπει να εργαστείς πάνω σε κάτι που δεν ξέρεις αν μπορείς να το αγαπήσεις για πάντα ή αν ακόμα το αγάπησες ποτέ σου. Δεν μπορείς να δεσμευτείς, αλλά η κοινωνία του σήμερα στο επιβάλει.

Σε κάνουν να νιώθεις ανίκανη, είσαι το μαύρο πρόβατο, το κώλυμα του συστήματος. Δεν γίνεται να είσαι μουσικός και ταυτόχρονα γιατρός, προγραμματιστής και σχεδιαστής ρούχων. Οι γύρω σου σε προστάζουν, ακόμα και με αυτή την αθώα ερώτηση των παιδικών σου χρόνων. Πρέπει να αφιερώσεις όλο σου το είναι σε ένα μόνο πράγμα. Και όλο αυτό μπορεί να σε γεμίσει μιζέρια ή να σε οδηγήσει σε μια σειρά λάθος επιλογών προσπαθώντας να χωρέσεις στα κουτιά τους. Γιατί σου έμαθαν να ονειρεύεσαι το τι θέλεις να γίνεις, ενώ εσύ ονειρεύεσαι όλα όσα μπορείς να γίνεις.

Παίρνεις μια ανάσα, χαμογελάς. Το ταξίδι σου, σου δίδαξε ότι η κλίση σου είναι η γνώση, η γνώση για όλα, η ανακάλυψη της Αλήθειας. Τα όνειρά σου ξεπήδησαν από τα κουτιά τους και ο εαυτός σου σε διαβεβαίωσε ότι γίνεται να είσαι ταλαντούχος και να διακριθείς ακόμα και αν δεν είσαι ειδικός. Γιατί η δική σου μοίρα δεν είναι μονοδιάστατη και μπορεί αυτό να σε δυσκολεύει, να σε κάνει να νιώθεις ορισμένες φορές παράταιρη, αλλά δεν είσαι πλέον αφύσικη. Είσαι άνθρωπος πολλαπλών δυνατοτήτων. Μπορείς και θα γίνεις τα πάντα.

"Το παράθυρο"

(Daughter: Youth)

Κοίταξε το παράθυρό του από το ύψος του δρόμου. Τελικά, ήταν τόσο ψηλά όσο νόμιζε. Προσπάθησε να κάνει μια γρήγορη ανασκόπηση της ζωής του μέχρι τότε, αλλά δεν τα κατάφερε. Τελικά οι φήμες είχαν άδικο. Η σκέψη ότι το ρομαντικό αυτό παραμύθι καταρρίφθηκε, τον έκανε να χαμογελάσει. Έμεινε ακίνητος να το κοιτάζει με τα υγρά του μάτια και το μυαλό του ήταν για πρώτη φορά άδειο από σκέψεις. Αυτός ήταν και ο λόγος που ένιωθε για πρώτη φορά ευτυχισμένος.

Αυτό το παράθυρο ήταν η μόνη επαφή του διαμερίσματος με τον έξω κόσμο. Εκεί ξεκίνησε και σήμερα τη μέρα του, με μια κούπα καφέ και το καθιερωμένο πρωινό τσιγάρο, να κοιτάζει τον πολυσύχναστο δρόμο που απλωνόταν μπροστά με τους ανθρώπους να περπατούν βιαστικοί, σκουντουφλώντας συχνά ο ένας πάνω στον άλλο. Όσο καλύτερα τους παρατηρούσε, τόσο περισσότερο ένιωθε να αισθάνεται τη δυστυχία και τις κακουχίες αυτού του τόπου που εκείνοι έδειχναν να αγνοούν. Μπορούσε εύκολα να συναισθάνεται τη χαρά, ή τη θλίψη και τις κακουχίες τους. Αυτή η οξυμένη αντίληψή του για τον κόσμο ήταν ευχή και κατάρα και ήταν το χαρακτηριστικό που καθόρισε όλη τη ζωή του.

Έκλεισε το παράθυρο κι άναψε ένα ακόμα τσιγάρο απλώνοντας το ταλαιπωρημένο του σώμα στον άβολο καναπέ του σαλονιού. Ο καφές τελείωσε, αλλά ο πονοκέφαλος από τις χθεσινές καταχρήσεις ήταν ακόμα παρών. Για μία ακόμα φορά είχε προσπαθήσει το προηγούμενο βράδυ να εξηγήσει στην αδερφική του φίλη ότι είχε την ανάγκη να αποδράσει από εκείνο το διαμέρισμα, εκείνη την πόλη, εκείνη τη ζωή. Ωστόσο, βίωσε για μία ακόμη φορά την απόρριψη των απαιτήσεών του, καθώς στο άκουσμα ότι μπορεί να τον χάσει από την καθημερινότητά της, ξέσπασε σε κλάματα, κάνοντάς τον τώρα να μετανιώνει που τόλμησε να σκεφτεί τον εαυτό του μακριά από εκείνη. Αφότου χωρίστηκαν το βράδυ έμεινε στο ίδιο παράθυρο να σκέφτεται πώς μπόρεσε να πληγώσει έτσι έναν από τους πιο σημαντικούς ανθρώπους που είχε στη ζωή του και που τον αγαπούσε πραγματικά. Δεν μπορούσε να συγχωρέσει τον εαυτό του, αλλά κι ο εαυτός του δεν μπορούσε να τον συγχωρέσει. Πάλι δεν του είχε κάνει το χατίρι να τον ακούσει και ενέδωσε στις επιθυμίες των άλλων. Γι' αυτό και τον τιμώρησε, όπως έκανε πάντα, καταστρέφοντάς τον σιγά σιγά μέσα από το αλκοόλ και τον καπνό. Έτσι έπινε, όχι για να ξεχάσει, αλλά για να διαλυθεί, σε μια εσωτερική μάχη που ήλπιζε ότι μία από τις δύο πλευρές του θα υπερίσχυε και είτε θα κατακερμάτιζε τη ζωή του για την ευτυχία των άλλων, χωρίς να περιμένει ή να χρειάζεται ανταλλάγματα, είτε θα κυνηγούσε για πρώτη φορά την προσωπική του ευτυχία και τα θέλω του, απαιτώντας από τους φίλους του να το σεβαστούν και να τον στηρίξουν. Άλλωστε, για αυτό δεν διαλέγουν όλοι τον εθισμό τους; Γιατί επέλεξαν να σκοτώσουν ένα κομμάτι του εαυτού τους ή αν δεν τα καταφέρουν, να αυτοκαταστραφούν ολοσχερώς.

Η μυρωδιά από το ρούμι που έχυσε χθες στο δωμάτιο άρχισε να γίνεται πλέον ανυπόφορη και αναγκάστηκε να ανοίξει πάλι το παράθυρο, αφήνοντας το θόρυβο από το δρόμο να κατακλείσει το διαμέρισμα. Η αηδία που του προκαλούσε το θέαμα οφειλόταν στο χάος αυτού του κόσμου, ο οποίος ένιωθε ότι είχε ξεφτιλιστεί με τη βοήθεια στενόμυαλων ανθρώπων που δεν μπόρεσαν ποτέ να νικήσουν τα πάθη τους και να κατανοήσουν ποιο ήταν το κοινό καλό, αλλά βάσιζαν τις ζωές τους στην αυτοσυντήρηση του πολύτιμου εγωισμού τους. Όμως, υπάρχουν και κάποιες ψυχές που αξίζουν και ήθελε να τις βοηθήσει να ξεπεράσουν τις δυσκολίες τους, ώστε να πετύχουν κάτι ανώτερο. Ήξερε ότι οι δυσκολίες δεν θα τελείωναν και ότι το σύμπαν γύρω του ποτέ δεν θα ήταν ιδεατό, αλλά στον άνθρωπο αρέσει να παλεύει για το αδύνατο. Σκέφτηκε ότι ίσως δεν θα καταφέρει ποτέ να βρει τις ισορροπίες. Ότι τα δεινά αυτού του κόσμου δεν θα έφερναν ποτέ την ευτυχία για εκείνον και όσους αγαπάει. Και αν δεν ήταν όλοι εκείνοι ευτυχισμένοι δεν μπορούσε να είναι ούτε αυτός. Έπρεπε να πιέσει τον εαυτό του, να καταπνίξει τις ανάγκες του και να σταθεί σε όσους τον είχαν ανάγκη. Πάντοτε έτσι έκανε. Όμως τώρα κάτι τον εμπόδιζε. Για πρώτη φορά στη ζωή του, είχε κουραστεί τόσο πολύ που ήθελε να παραδώσει τη ζωή του στα χέρια κάποιου άλλου, ώστε να βρει την εσωτερική του ηρεμία και πάλι. Είχε ανάγκη να ξεκουραστεί.

Άνοιξε μια μπύρα, η αργή αυτοκαταστροφή του είχε πάλι ξεκινήσει. Η ματαιότητα των πραγμάτων ήταν τώρα πιο έκδηλη από ποτέ και η ικανότητά του να την αντιληφθεί ήταν αυτό που τον έκανε τόσο δυστυχισμένο. Ώρες ώρες ευχόταν να μην είχε τη νόηση που έχει. Τυχεροί εκείνοι που ζουν έξω από το παράθυρό του, στην ευτυχία της άγνοιάς τους. Δεν μπορούσε να βρει το νόημα της ύπαρξής του. Δεν μπορούσε πλέον, ούτε να ορίσει τι σημαίνει προσωπική ευτυχία για εκείνον. Δεν υπήρχε ο Θεός για να του δείξει το πραγματικό νόημα και το σκοπό του σύμπαντος. Είχε δώσει τόσα πολλά που ξέχασε τι πραγματικά είναι ο ίδιος του ο εαυτός. Η σκληρή συνειδητοποίηση, πως παρά τα όσα πρόσφερε στους ανθρώπους που αγαπάει, κανένας δεν βρέθηκε να του επιστρέψει έστω και ένα μικρό κομμάτι του εαυτού του, που είχε απολέσει στην προσπάθεια αυτή, τον βύθιζε ακόμα πιο πολύ στη θλίψη του.

Μισούσε τον εαυτό του, γιατί θεωρούσε αυτές τις σκέψεις κακές και ανήθικες. Αλλά μπορούσε να καταλάβει πολλά και δεν είχε τη δύναμη να αποκρύψει την αλήθεια που έβλεπε να απλώνεται μπροστά του. Μια άδικη κόλαση. Με μόνο νόημα να βλέπει τους αγαπημένους του να χαμογελούν, αλλά χωρίς επιτυχία, γιατί ότι κι αν έκανε, ποτέ κανένας τους δεν ήταν ικανοποιημένος. Τι διαφορά είχαν αυτοί οι άνθρωποι από τα εγωιστικά τέρατα που έβλεπε τώρα να περπατούν στο δρόμο κάτω από το σπίτι του; Όταν τίποτα από όσα μας χαρίζουν δεν είναι αρκετό για να γεμίσουν τα κενό που δημιουργούμε εμείς οι ίδιοι στον εαυτό μας. Πότε θα γίνουμε πραγματικά ευτυχισμένοι; Πότε θα επέλθει κορεσμός; Και ακόμα, τι διαφορά είχε και ο ίδιος από όλους τους άλλους, αν είχε κι εκείνος παρόμοιες απαιτήσεις; Τις απαιτήσεις που είχαν οι άλλοι από αυτόν. Όμως εκείνος είχε προσφέρει ήδη πολλά. Σωστά;

Αυτός ο καυστικός πόνος που του τρυπούσε τις μήνιγγες είχε επανέλθει, αυτή τη φορά όμως οφειλόταν στις σκέψεις του και όχι στο ποτό. Πήρε δυο ασπιρίνες. Ίσως για να τιθασεύσει αυτό το αίσθημα; Καταριόταν τον εαυτό του που μπορούσε να κατανοήσει τόσα πράγματα. Κάθε μέρα ευχόταν να μην μπορούσε να αντιληφθεί την ασχήμια που υπήρχε γύρω του. Είχε γίνει ανυπόφορος ακόμα και γα τον ίδιο του τον εαυτό. Ήθελε να σταματήσει όλες αυτές τις σκέψεις, όλον αυτό τον πόνο. Αν μπορούσε κάποιος να τον καταλάβει, να τον στηρίξει, να τον αφήσει έστω για λίγο να ξεφύγει από όλα, ορκίστηκε στον εαυτό του, ότι δεν θα ζητούσε τίποτα παραπάνω. Ότι δεν θα γινόταν εγωιστής σαν όλους τους άλλους. Δεν εμπιστευόταν όμως τη φύση του. Ο τρόπος να παραμείνει ηθικός ήταν να μην περιμένει ανταλλάγματα.

Ένιωθε ότι τα δικά του πάθη βασίζονταν σε κάτι πολύ βαθύτερο από τις καθημερινές δυσκολίες που είχαν να αντιμετωπίσουν όλοι οι άλλοι. Τα δικά του δεινά ήταν ταυτισμένα με τα βαθύτερα προβλήματα ολόκληρης της κοινωνίας του, καθώς μπορούσε να τα κατανοήσει. Αν γινόταν, θα έκανε αυτές τις σκέψεις να σωπάσουν, θα σταματούσε να αντιλαμβάνεται περισσότερα κι από όσα βλέπει. Ίσως κατάφερνε κάτι, ίσως σταματούσε τον πόνο. Συλλογιζόταν αυτά όση ώρα καθόταν στο παράθυρό του και χάζευε πάλι τον κόσμο από κάτω του. Ήταν άραγε τόσο ψηλά; Για αυτό του φαίνονταν όλοι τόσοι μικροί; Ευχήθηκε να ήταν κι εκείνος τόσο μικρός.

Κοίταζε τώρα το παράθυρό του από το ύψος του δρόμου. Τελικά ήταν τόσο ψηλά όσο νόμιζε. Προσπάθησε να κάνει μια γρήγορη ανασκόπηση της ζωής του μέχρι τότε, αλλά δεν τα κατάφερε. Τελικά οι φήμες είχαν άδικο. Η σκέψη ότι το ρομαντικό αυτό παραμύθι καταρρίφθηκε τον έκανε να χαμογελάσει. Έμεινε ακίνητος να το κοιτάζει με τα υγρά του μάτια και το μυαλό του ήταν για πρώτη φορά άδειο από σκέψεις. Αυτός ήταν και ο λόγος που ένιωθε για πρώτη φορά ευτυχισμένος. Είχε βρει τη λύση για να κάνει τις σκέψεις να σωπάσουν οριστικά.

"Αμφιβολίες"

(Die Antwood: Alien)

Γύρισε στο σπίτι από το σχολείο κοιτώντας το πάτωμα, βουρκωμένη, αγνοώντας τον χαιρετισμό της μητέρας της. Χώθηκε γρήγορα στο δωμάτιό της, ελπίζοντας ότι η θλίψη της δεν έγινε εμφανής. Έπεσε στο κρεβάτι και έσφιξε το πρόσωπό της στο μαξιλάρι για να περιορίσει τον ήχο από τα αναφιλητά. Σήμερα η αυτοπεποίθησή της είχε δεχτεί το τελικό της χτύπημα. Δεν ένιωθε να είναι κομμάτι αυτού του κόσμου. Αυτό που δεν είχε καταλάβει τότε, είναι ότι απλώς ήταν διαφορετικό κομμάτι από όλα τα άλλα, πράγμα που έκανε πολύ δύσκολο να βρει τη θέση της στο πάζλ της ζωής.

Η μητέρα της άνοιξε διακριτικά την πόρτα και την προσέγγισε αναστατωμένη που την έβλεπε πάλι να κλαίει. Δεν χρειάστηκε να της εξηγήσει το λόγο. Γνώριζε καλά τι ταλαιπωρούσε την ψυχή της μικρής της. Ένιωθε μόνη. Της ήταν δύσκολο να ενταχθεί στο καινούριο της σχολείο και ο χαρακτήρας ήταν τόσο διαφορετικός. Ένιωθε πως κάποιος την αδικούσε, γιατί αν και ήταν τόσο καλή με όλους, κανείς δεν της φέρθηκε φιλικά. Πίστευε μάλιστα πως το σύμπαν, ο Θεός, κάποιος, έπρεπε να αναγνωρίζει τις δίκαιες πράξεις, την αγάπη που δείχνουμε για τους άλλους, την προσπάθεια που καταβάλουμε για να είμαστε ηθικοί και να βοηθάμε και έπειτα να τις ανταποδίδει. Στους καλούς ανθρώπους συμβαίνουν καλά πράγματα και στους κακούς άσχημα, αυτό πίστευε. Αλλά η μητέρα της νόμιζε ότι το σύμπαν δεν μπορεί να διακρίνει το καλό από το κακό. Μόνο εμείς μπορούμε να νοηματοδοτήσουμε τα τεκταινόμενα της ζωής μας και να τους δώσουμε μια καλή ή μία κακή χροιά. Ο Θεός βάζει απλώς το νερό στα ποτήρια μας και εμείς επιλέγουμε αν θα είναι μισοάδεια ή όχι.

Αδύναμη λοιπόν η μικρή της να καταλάβει αυτό το διαχωρισμό, έκκρινε τώρα τη θεωρία της προσπαθώντας να βρει μια καλή εξήγηση, ενώ έκλαιγε στην αγκαλιά της μητέρας της. Αναρωτιόταν πώς είναι δυνατόν να προσπαθεί τόσο πολύ να είναι καλή με όλους τους ανθρώπους, αλλά κανένας να μην δείχνει ενδιαφέρον για εκείνη και να νιώθει τόση μοναξιά. Κατάλαβε ότι αυτό που της έλειπε δεν ήταν η καλοσύνη ή η αγάπη για τους άλλους. Ήταν ο τρόπος που εξέφραζε αυτές τις αρετές της. Κανείς δεν θα κοιτούσε το περιεχόμενο αν το περιτύλιγμα δεν ήταν όμορφο. Και άλλωστε, πώς θα μπορούσε να προσφέρει την καλοσύνη της όταν κανείς δεν βρισκόταν εκεί για να τη δεχτεί. Ήταν διαφορετική και αυτό την είχε στιγματίσει. Δεν είχε τα ίδια γούστα με όλους στη μουσική, δεν της άρεσε να ξενυχτάει στα κλαμπ, δεν είχε φιλήσει ποτέ κανέναν, γιατί δεν είχε νιώσει ποτέ τον έρωτα που θεωρούσε αναγκαία προϋπόθεση πριν την επαφή. Δεν ήθελε να συζητάει με την παρέα της για τις ζωές των άλλων, διότι δεν ήθελε να κρίνει ανθρώπους χωρίς να τους γνωρίσει πρώτα. Όλα αυτά και τόσα ακόμα, κατάλαβε ότι την ξεχώριζαν από το μέσο όρο. Ισχυριζόταν ότι αυτές οι επιλογές της, ήταν όντως οι σωστές, όμως έβλεπε τον κόσμο γύρω της, να της συμπεριφέρεται σαν να ίσχυε το αντίθετο. Πώς μπορούσε να συνεχίσει να πιστεύει το ίδιο; Δυστυχώς όταν είσαι νέος, η ανάγκη να ενταχθείς είναι τόσο μεγάλη που σε κάνει να αμφισβητείς ακόμα και τον ίδιο σου τον εαυτό και η μοναξιά δεν στέκεται σύμμαχος στις αποφάσεις σου.

Το κλάμα της άρχισε να κοπάζει και πλέον άκουγε την μητέρα της να βγάζει το καθιερωμένο λογύδριο, για το πόσο μοναδικός είναι ο κάθε άνθρωπος και ότι μια μέρα το άστρο της θα έλαμπε, όπως του άξιζε. Αυτά δεν είχαν σημασία. Η μητέρα της την αγαπούσε πολύ για να της υποδείξει το ότι ήταν «κακώς αποκλίνουσα», αλλά «ευτυχώς» ο κοινωνικός της περίγυρος ήταν εκεί για να της πει τις σκληρές αλήθειες. Είχε ανάγκη την όποια κοινωνική αποδοχή και ντρεπόταν που το παραδεχόταν στον εαυτό της. Αλλά ίσως, αυτό να αποζητούν τελικά όλοι οι άνθρωποι. Ήταν μάλλον σαν ένα ανείπωτο μυστικό που μοιραζόμαστε όλοι και κανένας δεν θέλει να αποκαλύψει. Έκλεισε τα μάτια, κουρνιάζοντας στην αγκαλιά της μαμάς της και φαντάστηκε το μέλλον. Ένα μέλλον όπου θα ήταν αρεστή. Και για να το πετύχει αυτό, έπρεπε απλά να αλλάξει περιττά λίγμα.

Είδε, με τον καιρό, τον εαυτό της να αλλάζει. Μεταλλάχτηκε σε ένα κορίτσι σαν όλα τα άλλα. Πίεσε τον εαυτό της, άλλαξε όλα της τα ρούχα, έβαψε τα μαλλιά της, πέταξε τα γυαλιά της και φόρεσε φακούς. Η εμφάνισή της, που ποτέ δεν είχε νιώσει να την ενοχλεί, είχε αλλάξει εντελώς. Αλλά αυτό δεν ήταν αρκετό. Προσπάθησε ακόμα παραπάνω να κάνει τον εαυτό της σαν όλους τους άλλους συνομήλικούς της. Άρχισε να ακούει διαφορετική μουσική από αυτή που της άρεσε μέχρι τώρα και πλέον έβγαινε μόνο στα πιο πολυσύχναστα μαγαζιά. Είδε τον εαυτό της να περιτριγυρίζεται από νέους φίλους στο σχολείο. Ήταν πλέον πιο εύκολο να προσεγγίζει ανθρώπους, γιατί στα ματιά τους δεν έδειχνε πια τόσο ξένη. Όμως σύντομα είδε πως για να παραμείνει μέλος της νέας της παρέας, είχε πολλά ακόμα να αλλάξει. Το πρόβλημα δεν ήταν ότι διέφερε μόνο εξωτερικά, ή ότι τα παλιά γούστα της στη διασκέδαση δεν συμβάδιζαν με εκείνα των φίλων της. Συνειδητοποίησε ότι έπρεπε να αλλάξει ολόκληρη την ιδιοσυγκρασία της. Στα διαλείμματα, ενώ εκείνη ήθελε να κάνει αστεία με τις κολλητές της, να συζητάει για τα μαθήματα, για το μπάσκετ που τόσο αγαπούσε ή για εκείνο το αγόρι που νόμιζε ότι είχε αρχίσει να ερωτεύεται, εκείνη κατέληγε να ακούει τα κουτσομπολιά για ολόκληρο το σχολείο. Και αν ήθελε να παραμείνει κομμάτι της κλίκας, έπρεπε να συμμετάσχει κι εκείνη, ελπίζοντας ότι πού και πού θα μπορούσε να συζητήσει για κάτι το οποίο πραγματικά θα την ενδιέφερε.

Κι έτσι είδε τα χρόνια να περνάνε και αυτή να απομακρύνεται όλο και περισσότερο από εκείνον τον εαυτό που έκλαιγε στα γόνατα της μητέρας της. Και όσο περισσότερο έπαιζε τον ρόλο που την έκανε κοινωνικά αποδεκτή, τόσο περισσότερο αυτός γινόταν κτήμα της. Αλλά όταν απαρνιέσαι όλο σου το είναι για τέτοιους σκοπούς, ένα κομμάτι του παραμένει ζωντανό και είναι εκείνο που δεν σε αφήνει, τελικά, να γίνεις πραγματικά ευτυχισμένος. Οι φίλες της ήταν σήμερα αυτές που κάποτε την κορόιδευαν, τη φώναζαν περίεργη και την πείραζαν. Και τώρα, για να γίνει αρεστή, έμαθε να κάνει ακριβώς το ίδιο σε άλλους ανθρώπους, στις μειονότητες. Όλες οι παρέες που είχε αποκτήσει, παρόλο που έδειχναν ότι την αγαπούσαν δεν την έκαναν να αισθάνεται λιγότερο μοναχική. Έβλεπε πως ζούσε σε μια μεγάλη απάτη, η οποία δεν κατάφερνε καν να της δώσει το μοναδικό πράγμα που αναζητούσε. Είχε προδώσει την ηθική και τις αξίες της χωρίς να το καταλάβει. Μήπως η θεωρία της για το συμπάν, τους καλούς και τους κακούς ανθρώπους ήταν τελικά αληθινή;

Άνοιξε τα μάτια της ταραγμένη. Η μητέρα της είχε μόλις τελειώσει το λόγο της και της χάιδευε απαλά τα μαλλιά. Σκέφτηκε πως δεν άξιζε να χαραμίσει άλλα δάκρυα για ανθρώπους που δεν θα την εκτιμούσαν ποτέ. Ίσως η μητέρα της είχε δίκιο. Μια μέρα, σίγουρα θα έβρισκε ανθρώπους που θα έβλεπαν το άστρο της και για εκείνους θα άξιζε να αλλάξει όλες τις κακές συνήθειές της. Όχι για να τους ευχαριστήσει, αλλά για να γίνει η ίδια καλύτερη και έτσι να κάνει τον κόσμο γύρω της πιο ευτυχισμένο. Αποφάσισε να δώσει στον εαυτό της μια ευκαιρία. Και το άστρο της δεν έσβησε ποτέ.

"Το γράμμα"

(Paul Gonsalves: Over the rainbow)

Για μία ακόμα φορά δεν μπορούσε να καταλαγιάσει τη σύγχυση της ψυχής της. Είχε τόσα πολλά να πει, αλλά δεν είχε προλάβει, ή μάλλον, δεν είχε θελήσει πραγματικά να τα μοιραστεί στη ζωή της. Όμως, τώρα, όλες αυτές οι σκέψεις γέμιζαν σαν χείμαρρος το μυαλό της και έπρεπε να τις εκτονώσει. Έκατσε στο γραφείο του δωματίου, πήρε χαρτί και στυλό και ξεκίνησε να γράφει.

Αγαπημένη μου αδερφή,

Συγγνώμη που δεν σου έγραψα εδώ και τόσο καιρό. Ελπίζω να μην μου έχεις θυμώσει. Ξέρω ότι έφυγα ξαφνικά από τη ζωή σου, αλλά δεν ήταν εντελώς δική μου επιλογή. Όπως και να χει έπρεπε να σου γράψω, ώστε να μπορέσω να σου εξηγήσω όσα δεν πρόλαβα, όταν ήμουν κοντά σου. Κάθε μέρα με βασανίζει αυτή η σκέψη, καλή μου. Κάθε μέρα αναρωτιέμαι, γιατί δεν σου είπα όλα όσα ήθελα, όσο είχα ακόμα τη δυνατότητα. Ίσως αυτό το γράμμα απαλύνει επιτέλους την ψυχή μου.

Προσπαθώ να μας θυμηθώ μεγαλώνοντας μέσα στο ίδιο σπίτι. Έχουν περάσει τόσα χρόνια από τότε, που δυσκολεύομαι να θυμηθώ όλες τις λεπτομέρειες. Μόνο ένα γενικό συναίσθημα έχει μείνει μέσα μου από τότε κι αυτό τόσο θαμπό, που με κάνει να πιστεύω και ειλικρινά, να ελπίζω να μην είναι αληθινό. Θυμάμαι τη ζήλεια και τον ανταγωνισμό μας, τους τσακωμούς και τις φωνές. Καμία αγκαλιά, κανένα φιλί, καμία συμβουλή σε κάποια από τις άγρυπνες νύχτες στην κουκέτα μας δεν ξεχωρίζουν στη μνήμη μου από τα παιδικά μας χρόνια. Ίσως κάποιες αστείες ιστορίες να ξεπηδάν στο μυαλό μου, εδώ και εκεί, με γκάφες και σκανταλιές μας, αλλά αυτές είναι μετρημένες στα δάχτυλα. Δεν θυμάμαι να σε αντιπαθούσα όμως, καλή μου. Ήσουν το είδωλό μου, ο άνθρωπος που πάντοτε ήθελα να γίνω. Δεν ξέρω γιατί δεν στο παραδέχτηκα ποτέ. Μάλλον, αυτός ο φρικτός ανταγωνισμός που είχαν καλλιεργήσει οι γονείς μας ανάμεσά μας, με έκανε να τυφλωθώ και να μην καταλάβω πόση ανάγκη είχες να ακούσεις αυτή τη μικρή αλήθεια. Και πολύ περισσότερο, πόση ανάγκη είχα εγώ να στην εξομολογηθώ. Θυμάμαι, πως ήθελα να είναι καλύτερες οι σχέσεις μας, όμως τότε δεν ήξερα πώς να τις διορθώσω.

Έπειτα, εσύ έφυγες από το σπίτι μας για τις σπουδές σου. Στην αρχή ομολογώ ανακουφίστηκα, θεωρούσα ότι το μαύρο σύννεφο είχε φύγει. Όμως, ανακάλυψα ότι μου έλειπες περισσότερο από όσο μπορούσα να αντέξω. Ούτε αυτό στο εξομολογήθηκα ποτέ. Δώδεκα χρόνια ήσουν το μεγαλύτερο κομμάτι της καθημερινότητάς μου, όμορφο ή άσχημο δεν είχε σημασία. Ήσουν η οικογένειά μου και αυτό δεν θα άλλαζε ποτέ. Και ούτε ήθελα να αλλάξει. Όσο εσύ οργάνωνες την ζωή σου μακριά μας, εγώ έμεινα πίσω να παρακολουθώ και να θαυμάζω, αλλά πάντοτε από μακριά. Σε λάτρευα κάθε μέρα και περισσότερο για όσα είχες πετύχει και ήλπιζα να μπορέσω να επιτύχω ακόμα περισσότερα, για να σε κάνω περήφανη, για να σε εντυπωσιάσω. Τότε, ένιωθα μικρή και λίγη απέναντί σου, ώστε να διεκδικήσω ένα κομμάτι της νέας σου ζωής. Εσύ, ωστόσο, είχες μεγαλώσει αρκετά, για να μπορέσεις να συγχωρέσεις τα λάθη του παρελθόντος και να κοιτάξεις μπροστά. Προσπάθησες να ξορκίσεις τα φαντάσματα των παιδικών μας χρόνων και ειλικρινά δεν υπάρχουν οι λέξεις, για να σου εκφράσω πόσο ευγνώμων σου είμαι για αυτό και πόσο λυπάμαι για τα λάθη που έκανα κάποτε. Για όλες τις στιγμές που σε πλήγωσα και δεν ζήτησα συγγνώμη, για όλες τις φορές που έπρεπε να σταθώ δίπλα σου και δεν σε στήριξα. Απόψε μετανιώνω και στα εξομολογούμε όλα αυτά, ευχόμενη να μπορείς να με συγχωρέσεις.

Τα χρόνια συνέχισαν να κυλούν και βρέθηκα κι εγώ να ακολουθώ τα δικά μου όνειρα και σπουδές. Αν και δεν θα το μάθω ποτέ, εύχομαι να κατάφερα όντως να σε κάνω περήφανη. Αλλά, το χάσμα που είχε δημιουργηθεί όλα αυτά τα χρόνια, δεν καταφέραμε να το γεφυρώσουμε ποτέ. Παρά το ότι τα συναισθήματα της μίας για την άλλη είχαν αλλάξει, η απόσταση που είχαμε να διανύσουμε, τόσο η πραγματική όσο και η νοητή, ήταν πια πολύ μεγάλη. Ένιωθα πως δεν θα κέρδιζα ποτέ την εμπιστοσύνη σου, ότι ήμουν καταδικασμένη να είμαι ένα πρόσωπο που οι επιβεβλημένοι δεσμοί της κοινωνίας δεν σε άφηναν να αποχωριστείς. Ήμουν πάλι εκείνο το μικρό κοριτσάκι που κάποτε πάλευε να κερδίσει την προσοχή σου. Ευχόμουν να υπήρχε μέσα σου ένα μικρό κομμάτι που με επιθυμούσε και που με είχε πραγματικά ανάγκη. Ποτέ δεν βρήκα το θάρρος να σε ρωτήσω τι πίστευες ειλικρινά για εμένα. Ένα μέρος μου φοβόταν την απάντηση, ενώ ένα άλλον ήταν πεπεισμένο ότι δεν θα μου απαντούσες ειλικρινά σε μια τέτοια ερώτηση. Λυπάμαι που σε έκκρινα έτσι, εύχομαι να καταλαβαίνεις για ποιο λόγο οδηγήθηκα σε τέτοιες σκέψεις. Η ελάχιστη επικοινωνία που είχαμε και ο διαρκής μου φόβος ότι ποτέ δεν έγινα για σένα αρκετά συμπαθής, ότι ποτέ δεν θα μπορούσα να σου προσφέρω κάτι που δεν έδινες ήδη εσύ η ίδια στον εαυτό σου, με εμπόδιζαν από το να κρίνω καθαρά.

Αν μετανιώνω για ένα πράγμα στη ζωή μου, καλή μου, είναι ότι ποτέ δεν βρήκα το κουράγιο να στα εξηγήσω όλα αυτά. Αν μπορούσα να γυρίσω πίσω το χρόνο, θα είχα μοιραστεί όλες τις σκέψεις και τις ανησυχίες μου αυτές μαζί σου, χωρίς να φοβάμαι το αποτέλεσμα. Γιατί τώρα ξέρω, πως μια ειλικρινής σχέση, ακόμα και αν δεν είναι προσφιλής, είναι πολύ καλύτερη από μια εικονικά αδελφική σχέση, βασισμένη σε μυστικά και ανακρίβειες. Αν είχα μια δεύτερη ευκαιρία στη ζωή, θα ήμουν κάθε μέρα ειλικρινής μαζί σου, με τον εαυτό μου αλλά και με όλους τους άλλους. Θα έλεγα πάντοτε αυτά που πιστεύω, χωρίς να τα μεταλλάσω από άγχος, για το πώς θα με κρίνουν οι άλλοι. Καλή μου, η μεγαλύτερη ευχή μου είναι να μπορέσεις να το καταλάβεις αυτό, πριν να είναι πολύ αργά και για σένα. Για να μην μετανιώσεις, πρέπει να είσαι αληθινή και να έχεις το κουράγιο να δεχτείς τις συνέπειες της αλήθειας σου. Έτσι όμως, θα ξέρεις ότι όλα όσα έζησες ήταν πραγματικά και πως όλοι οι άνθρωποι στη ζωή σου, έμειναν, γιατί όντως αγάπησαν κάτι σε εσένα. Όπως αγάπησα κι εγώ, αλλά ποτέ δεν κατάφερα να το κάνω ξεκάθαρο. Έτσι, τώρα, έμεινα να αναρωτιέμαι αν πραγματικά καταλάβαμε ποτέ όσα αισθάνεται η μία για την άλλη. Εγώ τώρα μπορώ μόνο να ονειρεύομαι τη σχέση που θα μπορούσαμε να έχουμε, αν είχαμε το κουράγιο να είμαστε ειλικρινείς η μία με την άλλη. Για πόσους περισσότερους καυγάδες αλλά και για πόσες περισσότερες ζεστές αγκαλιές θα μπορούσα να σου γράψω σήμερα. Όμως ποτέ δεν θα μάθω και μόνο θα ονειρεύομαι. Εσύ όμως, μπορείς να ζήσεις, αρκεί να μάθεις από τα λάθη μου, καλή μου. Μη φοβηθείς να ζήσεις καλή μου. Εγώ το έκανα και τώρα το μετανιώνω.

Με πολλή αγάπη,
η αδερφή σου.

Υ.Γ.: Εγώ θα είμαι πάντοτε εδώ, να σε περιμένω.

Έβαλε το γράμμα σε ένα φάκελο και σκούπισε τα δάκρυα της. Ήξερε ότι δεν θα κατάφερνε ποτέ να της το δώσει. Ήταν πλέον αργά για να επικοινωνήσουν. Έσφιξε το γράμμα στο στήθος της και έπειτα το φίλησε απαλά, πριν το τοποθετήσει ευλαβικά πάνω στο γραφείο. Κινήθηκε προς την πόρτα. Την άνοιξε και χάθηκε στο φώς που εκτεινόταν πίσω της, χωρίς να μπορεί πλέον να γυρίσει.

"Η αλλαγή"

(U137: Varberg)

Τον αποχαιρέτησε με ένα γλυκόπικρο φιλί και μια αγκαλιά που δεν έμοιαζε να θέλει να τελειώσει. Μετά από δύο χρόνια της ήταν δύσκολο να αφήσει αυτόν τον άνθρωπο να φύγει μακριά της, ακόμα κι αν ήταν δική της η επιλογή. Με ένα «Να προσέχεις» και ένα «Σε ευχαριστώ» τον είδε να απομακρύνεται στο διάδρομο της πολυκατοικίας και έπειτα να χάνεται από τα μάτια της, καθώς κατέβαινε τις σκάλες.

Δεν ήθελε να πιστέψει πως αυτή ήταν η τελευταία φορά που θα τον έβλεπε. Η σκέψη αυτή, έφερε μαζί της και ένα αβάσταχτο σφίξιμο στην καρδιά, που την έκανε να ξεσπάσει σε κλάματα. Καθώς τον άφησε να φύγει, άφησε και ένα μεγάλο κομμάτι του εαυτού της να φύγει μαζί του, ένα κομμάτι που δεν θα έβρισκε ποτέ ξανά. Γονάτισε πίσω από την κλειστή πόρτα και έσφιξε στα χέρια της το πρόσωπό της. Πλέον, αμφισβητούσε την απόφασή της να πάψει να είναι μαζί του. «Αν είχα πράξει σωστά, δεν θα ένιωθα τώρα την καρδιά μου να σπάει σε χίλια κομμάτια». Μια φωνή μέσα της, της φώναζε να τρέξει πίσω του, να τον προλάβει, να του ζητήσει συγγνώμη που τον άφησε να φύγει. Αποφάσισε να την αγνοήσει. Δεν ήθελε να πάρει καμία απόφαση, βασισμένη στη θλίψη της και στο φόβο της μοναξιάς. Βαθιά μέσα της γνώριζε ότι είχε πάρει την πιο σωστή και συνάμα την πιο δύσκολη απόφαση στη μέχρι τότε ζωή της.

Γνωρίστηκαν τυχαία, πριν από δύο περίπου χρόνια, σε ένα μαγαζί που σύχναζε με τις φίλες της. Εκείνος την προσέγγισε αμέσως και από τα πρώτα κιόλας λεπτά τον είδε να ενθουσιάζεται μαζί της. Εκείνη πάλι, τον άκουγε με ελάχιστο ενδιαφέρον. Το μυαλό και η καρδιά της ήταν ακόμα κάπου αλλού. Ο απίστευτα στοργικός και γλυκός χαρακτήρας του όμως, σε συνδυασμό με το υπέροχο χαμόγελό του την ανάγκασαν σχεδόν, να αφιερώσει χρόνο σε αυτόν, παρόλο που αρχικά της είχε φανεί εντελώς αδιάφορος. Ποτέ δεν ένιωσε να τον ερωτεύεται, αλλά του το έλεγε συχνά, γιατί ήθελε να το πιστέψει. Είχε ανάγκη να αφήσει πίσω της το παρελθόν και να προχωρήσει. Κι διάλεξε εκείνον για να το κάνει, έναν σχεδόν μαγικό άνθρωπο. Μία ψυχή, που κατατάσσεται ανάμεσα στις καλύτερες ολόκληρου του κόσμου. Το μυαλό της μπορούσε να το καταλάβει, η καρδιά της βέβαια, όχι. Όμως, είχε πληγωθεί τόσο πολύ κάποτε από τις επιλογές της, ώστε να αποφασίσει τώρα, για μία φορά, να ακολουθήσει τη νόρμα. Να διαλέξει ένα σύντροφο που όλοι οι άλλοι θεωρούσαν τέλειο και σωστό, ακόμα κι αν εκείνη δεν μπορούσε να το νιώσει. Είχε πείσει τον εαυτό της, ότι στην πορεία τους μαζί, εκείνος θα την έπειθε. Άλλωστε ήταν ο «Κύριος Τέλειος». Έπρεπε να το κάνει. Έπρεπε να τον ερωτευθεί. Κι έτσι απλά αφέθηκε.

Ο χρόνος κυλούσε και οι μέρες μαζί του περνούσαν ευχάριστα. Συναναστρεφόταν με έναν φανταστικό άνθρωπο, τον οποίο σιγά σιγά , άρχισε να σέβεται και να αγαπάει όλο και περισσότερο. Ποτέ της όμως δεν τον ερωτεύτηκε, όπως ήλπιζε κάποτε. Συχνά ονειρευόταν, πώς θα ήταν το μέλλον μαζί του. Ένα μέλλον που δεν ήταν αυτό που ήθελε, και ίσως απείχε πολύ από αυτό που αναζητούσε, αλλά το οποίο θα ήταν αρκετά όμορφο, ώστε να είναι βιώσιμο. Χωρίς να το καταλάβει, μηχανικά σχεδόν, μετάλλασε μέρα με τη μέρα την προσωπικότητά της, ώστε να τη φέρει στα μέτρα αυτού του ονείρου, για ένα καλύτερο και πιο σίγουρο μέλλον. Νόμιζε, ότι με αυτό τον τρόπο προσφέρει κι αυτή κάτι στη σχέση τους, όπως κι εκείνος άλλωστε της πρόσφερε καθημερινά, τόσα πολλά. Η αλλαγή της δεν ήταν απλή, αλλά συχνά ήταν σχεδόν επιβεβλημένη, ώστε να μπορεί να συμβαδίζει μαζί του. Κι έτσι άφηνε το χρόνο να κυλάει, καταπνίγοντας τη φωνή μέσα της που της ούρλιαζε να φύγει γρήγορα από κει.

Μέχρι, που μια μέρα, νοστάλγησε τόσο πολύ ένα κομμάτι του παλιού, πιο ανέμελου εαυτού της και το ανέσυρε από τα άδυτα της ψυχής της. Δεν περίμενε τότε ότι κάτι τόσο απλό θα λειτουργούσε σαν ωρολογιακή βόμβα για τη σχέση της. Άλλωστε, εκείνος την αγαπούσε τόσο πολύ, που θα μπορούσε να αγαπήσει, ή έστω να ανεχτεί κι αυτό το κομμάτι της. Η κατάληξη όμως δεν ήταν αυτή. Καυγάδες, φωνές και τσακωμοί ακολούθησαν, με μόνο στόχο την εξάλειψη των χαρακτηριστικών της, που δεν βόλευαν εκείνον και «τα σχέδιά τους για το μέλλον». Ένιωσε προδομένη. Είχε αλλάξει τόσο τον εαυτό της, χωρίς να την πειράζει ή να παραπονιέται και είχε ανεχτεί τόσα χαρακτηριστικά του, τα οποία έβρισκε αφόρητα βαρετά, χωρίς μάλιστα καν να είναι ερωτευμένη, που τώρα απλά δεν γινόταν να μην κάνει κι εκείνος το ίδιο για αυτή. Ένας χείμαρρος συναισθημάτων και σκέψεων πλημύρισαν τη ζωή και τη σχέση τους. Δεν τον κατηγόρησε ποτέ για όσα έγιναν. Ένιωσε απλά να ξυπνάει από το βαθύ της λήθαργο, συνειδητοποιώντας για πρώτη φορά μετά από αυτά τα χρόνια, ότι αυτό που ζούσε δεν ήταν ευτυχία. Ήταν μια σειρά χλιαρών συναισθημάτων, στην οποία μάλιστα έβλεπε ότι βασίζονταν οι περισσότερες σχέσεις γύρω της. Αλλά, είναι δύσκολο να αφήσεις κάτι, έστω και μέτριο, για την αναζήτηση του τέλειου, τουλάχιστον για σένα. Γιατί πιθανόν να μην υπάρχει, ή να μην καταφέρεις να το βρεις ποτέ και να καταλήξεις μόνος. Και η μοναξιά ήταν κάτι που πίστευε ότι δεν μπορούσε να διαχειριστεί.

Αυτό που την οδήγησε στη μοιραία αυτή απόφασή της δεν ήταν ένα αίσθημα δυστυχίας ή κάποιος καυγάς που συνήθως οδηγεί μια σχέση στη λήξη. Ήταν το αποπνικτικό αίσθημα του μετρίου, σε συνδυασμό με τη σκέψη ότι οδηγήθηκε σε μια σειρά αποφάσεων, με τις οποίες ουσιαστικά δεν συμφωνούσε ποτέ η ίδια. Άφησε απλά το ρεύμα να την παρασύρει. Κι έτσι προτίμησε να ρισκάρει, να κάνει λάθος, να πληγωθεί και να πληγώσει και ίσως να βιώσει ξανά την πραγματική ευτυχία. Αυτή τη φορά όμως, έχοντας τον πλήρη έλεγχο της κατάστασης. Δεν ήταν απλό να πεις αντίο μετά από δύο χρόνια σε έναν άνθρωπο που πραγματικά έχεις αγαπήσει και σε έναν εαυτό που δούλεψες σκληρά για να φτιάξεις. Ήξερε ότι με το κλείσιμο της πόρτας θα ξεκινούσε να δουλεύει σχεδόν από το μηδέν, αλλά αυτό σήμαινε ότι είχε την ευκαιρία να κάνει ακόμα περισσότερες συνειδητές επιλογές που πραγματικά θα ήθελε. Σωστές ή λάθος δεν είχε σημασία, γιατί θα ήταν δικές της και το να ανήκεις στον εαυτό σου, ήξερε πως είναι καλύτερο από το να ανήκεις σε οποιονδήποτε άλλο.

«Συγγνώμη, εγώ φταίω. Αν μπορούσα να πάω το χρόνο πίσω, δεν θα σε γνώριζα ποτέ, για να απαλύνω τον πόνο από τις ψυχές μας. Δεν σου άξιζα και δεν μου άξιζες από την αρχή και έπρεπε να έχουμε το κουράγιο να το παραδεχτούμε και οι δυο στους εαυτούς μας, καιρό τώρα». Δεν κατάφερε να του πει αυτά τα λόγια, από φόβο μην τον πληγώσει παραπάνω. Ακόμα τον νοιαζόταν και δεν θα έπαυε ποτέ να το κάνει. Σηκώθηκε από το πάτωμα και σκούπισε τα δάκρυά της. Έπρεπε να συγχωρέσει τον εαυτό της για τα λάθη του παρελθόντος και να μάθει να ζει με αυτά. Εκούσιες ή όχι, οι επιλογές της είχαν πληγώσει έναν άνθρωπο που αγαπούσε, αλλά δεν μπορούσε να κάνει αλλιώς αν ήθελε να σταματήσει να πληγώνει τον εαυτό της. Άλλωστε αν κι εκείνος την αγαπούσε πραγματικά, όπως έλεγε, έπρεπε να το καταλάβει, να το σεβαστεί και να τη συγχωρέσει. Έτσι θα είχαν και οι δυο ένα καλύτερο μέλλον.

Υποσχέθηκε στον εαυτό της πως δεν θα ξαναφήσει τους φόβους της για μοναξιά να υποκινούν το υποσυνείδητό της και πως δεν θα πλήγωνε ποτέ ξανά τους ανθρώπους που αγαπάει. Από τώρα και στο εξής θα έπαιρνε όλες τις αποφάσεις, εύκολες η δύσκολες, με γνώμονα ό,τι ένιωθε πως θα ήταν καλύτερο για εκείνη και τους γύρω της, αγνοώντας την πιθανή πίεση του κοινωνικού της κύκλου, που της φαινόταν λανθασμένη ή αταίριαστη. Κάθε άνθρωπος είναι μοναδικός και πρέπει να μάθει να ζει με το βάρος των πράξεων και των αποφάσεών του. Δεν γινόταν να κρύβεται πλέον πίσω από τις ζωές των άλλων. Έπρεπε να αντιμετωπίσει το μεγαλύτερο εχθρό της, τον ίδιο της τον εαυτό. Και έπειτα από αυτό το μεγάλο βήμα ήξερε πως παρά τις δυσκολίες, θα έβγαινε νικήτρια. Κι έτσι θα μπορούσε να προσφέρει περισσότερα και σε όσους αγαπούσε. Γιατί θα μάθαινε πρώτα να αγαπά και να βασίζεται στον εαυτό της. Και πράγματι το έκανε.

Έβδομη Τέχνη

(Emancipator - Anthem)

Του άρεσε να ξεφεύγει από την πραγματικότητα πού και πού. Γι' αυτό και λάτρευε τον κινηματογράφο. Σχεδόν κάθε βδομάδα θα πήγαινε, έπειτα από μια δύσκολη μέρα στο γραφείο του, σε ένα μικρό σινεμά κοντά στην εταιρία που δούλευε. Δεν είχε ιδιαίτερη προτίμηση στις ταινίες, αλλά σίγουρα απεχθανόταν τα θρίλερ. Οτιδήποτε όμως προκαλούσε το μυαλό του ή του προσέφερε μια πραγματικότητα λίγο πιο ρομαντική από τη δική του, κατατασσόταν αμέσως ση λίστα με τις «καλύτερες ταινίες όλων των εποχών». Όσο πιο περίπλοκο το σενάριο και όσο πιο περίτεχνη η σκηνοθεσία ή με άλλα λόγια όσο περισσότερο το φιλμ απασχολούσε το μυαλό του, ώστε να καταλάβει την πλοκή και να αποτρέψει τις καθημερινές δυσκολίες που κατακλύζουν τις σκέψεις του, τόσο περισσότερο λάτρευε την ταινία. Βέβαια, ποτέ δεν θα έλεγε όχι και σε μία καλοειπωμένη ιστορία αγάπης. Η ιδέα ότι μια ευγενική μορφή του έρωτα μπορεί να υπάρξει, έστω και στη μεγάλη οθόνη, του έδινε ελπίδα πως ίσως μια μέρα θα μπορούσε, έστω και μέσα από τι μίμηση των προτύπων των ηρώων, να μεταφερθεί και στην πραγματική του ζωή.

Όσο είχε αυτή τη μικρή απόδραση στη ζωή του, ο κόσμος στον οποίο ζούσε μπορούσε να χαρακτηριστεί ακόμα και ουτοπικός. Κάθε φορά που έβγαινε από τη σκοτεινή αίθουσα, κουβαλούσε μαζί του και «τη δύναμη» των πρωταγωνιστών που παρακολούθησε, προσαρμοσμένη πάντα στα πλαίσια της ζωής του. Κάθε διαφορετική ταινία ήταν και ένας διαφορετικός φακός στα γυαλιά της πραγματικότητάς του. Μια ταινία δράσης, τον έκανε να νιώθει έτοιμο να αντέξει οποιαδήποτε φυσική καταπόνηση του προκαλούσε ο έντονος ρυθμός της δουλειάς του. Μια ιστορία αγάπης, του έδινε το κουράγιο να πλησιάσει λίγο περισσότερο τη συνάδελφό του, που εδώ και δύο χρόνια ένιωθε πως είχε ερωτευτεί. Έπαιρνε δύναμη από τις αντιξοότητες και τον μαγικό τρόπο που κάθε ήρωας στην ταινία έβρισκε για να τις ξεπεράσει και τη χρησιμοποιούσε για να ανταπεξέλθει σε όλα του τα προβλήματα. Έτσι πραγματικός και ιδεατός κόσμος άρχισαν να συνδέονται για εκείνον.

Ως που, μια μέρα, ο κινηματογράφος έκλεισε. Κι έτσι η μικρή αυτή συνήθειά του κόπηκε, χωρίς προειδοποίηση, και όλα τα φίλτρα που απάλυναν την πραγματικότητά του χάθηκαν από τη μια στιγμή στην άλλη. Όσο περνούσε ο καιρός χωρίς τις ταινίες του, έβλεπε όλο και περισσότερα πράγματα που τον έκαναν δυστυχισμένο. Το έντονο ωράριο, που του επιβαλλόταν από τους προϊσταμένους του, επειδή ήταν ο πιο εργατικός υπάλληλος στο γραφείο του και ο μόνος ικανός να ανταπεξέλθει στο μεγάλο φόρτο εργασίας, χωρίς δυσκολίες και παράπονα. Οι παρέες του, που έβλεπε τώρα ότι εκμεταλλεύονταν το φιλότιμό του και καταλάβαινε ότι τόσο καιρό τον χρησιμοποιούσαν για δικό τους όφελος. Όλοι ανταγωνιζόταν μαζί του, κανένας δεν ήθελε το καλό του. Ακόμα και η γυναίκα με την οποία ήταν κάποτε ερωτευμένος, ένιωθε τώρα, πως τον κορόιδευε, για να εξυπηρετήσει τον εγωισμό της. Κάθε μέρα, πάλευε με τον εαυτό του και τον κόσμο και κάθε μέρα ανακάλυπτε ένα ακόμα κομμάτι που θα στεκόταν εμπόδιο στα όνειρα και την εξέλιξή του. Ένα μικρό λάθος που μπορεί να έκανε και οι άλλοι το μεγαλοποιούσαν προς όφελός τους, γνώσεις που οι γύρω του απαιτούσαν να έχει, ενώ σε εκείνον έμοιαζαν ξένες και παράταιρες, λίγη ατυχία διασκορπισμένη σε μερικές πτυχές της καθημερινότητάς του και η συνταγή της αυτολύπησης είχε ολοκληρωθεί. Πλέον όλα του φαινόταν απόκοσμα. Όλοι οι άνθρωποι μικρόψυχοι και κακοί. Καμία εμπιστοσύνη. Κανένα φιλικό χαμόγελο. Σχεδόν τίποτα να τον εφησυχάζει.

Αλλά αυτό που τον βασάνιζε περισσότερο από όλα πλέον στην καθημερινότητά του, δεν ήταν οι καινούριες αυτές συνειδητοποιήσεις που είχε κάνει, αλλά η αμφιβολία που είχε, για το αν ήταν πράγματι αληθινές ή αν επρόκειτο για πλάνη μιας νεοφερμένης απαισιοδοξίας. Κάθε μέρα ταλαιπωρούσε το μυαλό του με το τι είναι πραγματικό, αληθινό και τι όχι. Πώς είναι δυνατόν να μην μπορούσε να καταλάβει τόσα χρόνια όλη αυτή την αδικία; Τι είχε αλλάξει; Τι τον είχε κάνει τόσο σκληρό και καχύποπτο άνθρωπο; Ίσως όλοι έχουν ένα σημείο στη ζωή τους που παύουν να ανέχονται όσα απρεπώς τους χαρίζει ο κόσμος. Μάλλον ήταν δικό του το φταίξιμο. Ή μήπως η πραγματικότητα γύρω του είχε αλλάξει ολοσχερώς; Δεν μπορούσε να βρει έναν τρόπο για να απαντήσει σε όλα αυτά τα ερωτήματα. Ρωτούσε συνεχώς τους ελάχιστους ανθρώπους που ακόμα εμπιστευόταν, με την ελπίδα μέσα από την επιβεβαίωσή τους, να ανακαλύψει την αλήθεια. Αλλά ο καθένας είχε μια ελαφρώς διαφορετική άποψη από τη δική του. Καθένας χρησιμοποιούσε τους δικούς του φακούς για τη πραγματικότητα. Και ακόμη και αν συμφωνούσαν στο μεγαλύτερο κομμάτι μαζί του, εκείνος ένιωθε ότι το έκαναν χαριστικά, διότι τον αγαπούσαν και δεν ήθελαν να τον πληγώσουν, λέγοντάς του απλώς ότι είναι άδικος και πολύ αυστηρός με τους ανθρώπους. Οι σκέψεις αυτές τον κατέτρωγαν για καιρό. Ένιωθε παρανοϊκός, μανιακός σχεδόν με τη σκέψη αυτή. Μέχρι που μια μέρα ο κινηματογράφος άνοιξε ξανά. Μετά από αυτή τη διαφωτιστική ανακάλυψή του για την πραγματικότητα, αμφέβαλε ότι ο παλιός του εθισμός θα μπορούσε να αλλάξει τα πράγματα. Όμως όφειλε στον εαυτό του να το προσπαθήσει.

Με τον καιρό και με την αγαπημένη του δραστηριότητα να βρίσκεται και πάλι βαθειά ριζωμένη στη ρουτίνα του, είδε την καθημερινότητά του να αλλάζει. Περισσότερες στιγμές χαράς, περισσότερη αγάπη από τους γύρω του. Λιγότερα νεύρα, λιγότερη μιζέρια. Όμως, όπως είχε προβλέψει, οι αναμνήσεις του από την προηγούμενη «κακή εποχή» μετάλλασαν πολύ συχνά τον κόσμο του σε γκρίζο. Και τότε κατάλαβε. Βιώνοντας τη συνεχή μετάλλαξη αυτή, μπόρεσε για πρώτη φορά στη ζωή του να αντιληφθεί τι ήταν αληθινά αυτό που αποκαλούσε πραγματικότητα. Αυτό που άλλαζε συνεχώς τα όσα βίωνε ως πραγματικά, ήταν η δική του ερμηνεία. Ένας κόσμος με αρκετές σταθερές, αλλά πολλές διαφορετικές εκφάνσεις. Παρομοίασε τον κόσμο που βιώνουμε με ένα καθρέφτη που είναι καταδικασμένος να αντικατοπτρίζει ό,τι εμείς θα φέρουμε μπροστά του. Η σύσταση του καθρέφτη παρέμενε πάντοτε σταθερή, αλλά η εικόνα του μπορούσε να αλλάζει συνεχώς. Έτσι, είτε του προβάλλουμε ένα θλιμμένο πρόσωπο, είτε ένα χαμογελαστό, δεν μπορούσε παρά μόνο να το καθρεφτίσει. Όμως, όταν ο καθένας από εμάς φέρνει μπροστά σε αυτόν τον καθρέφτη μια διαφορετική εικόνα, πώς μπορούμε να ξέρουμε τι είναι πράγματι αληθινό και τι όχι. Το μόνο που ξέρουμε ότι δεν θα αλλάξει ποτέ και παραμένει κοινό για όλους μας, είναι η σύσταση και η φύση του. Κάθε άποψη, κάθε ιδέα, κάθε αντίληψη που έχουμε για τον εαυτό μας, για τους άλλους, μπορεί να αντικατοπτριστεί με επτάμιση δισεκατομμύρια διαφορετικούς τρόπους και κανένας από αυτούς δεν θα είναι ποτέ ολότελα σωστός, γιατί όλοι θα είναι μοναδικοί.

Όλα όσα ζούμε, όλα όσα σκεφτόμαστε, δεν αποτελούν τίποτα παραπάνω από μια ερμηνεία, που δίνει ο εγκέφαλός μας, βασισμένη στην πληθώρα των προηγούμενων εμπειριών μας. Ποτέ δεν θα υπάρξει μία αλήθεια και μία πραγματικότητα, αλλά πάντα θα υπάρχει ένας κοινός καθρέφτης για όλους. Έτσι, ο καθένας μπορεί να πλάσει τη δική του πραγματικότητα, με όποιον ιδιαίτερο, έξυπνο, εύκολο ή δύσκολο, καλό ή κακό τρόπο θέλει. Κι εκείνος επέλεξε την πραγματικότητα που μπορούσε να του προσφέρει η έβδομη τέχνη.

ΤΕΛΟΣ